TALVEZ NÃO

Obras da autora publicadas pela Galera Record

Série Slammed
Métrica
Pausa
Esa garota

Série Hopeless
Um caso perdido
Sem esperança
Em busca de Cinderela
Em busca da perfeição

Série Nunca, Jamais
Nunca, jamais
Nunca, jamais: parte 2
Nunca, jamais: parte 3

Série Talvez
Talvez um dia
Talvez não
Talvez agora

Série É Assim que Acaba
É assim que acaba
É assim que começa

O lado feio do amor
Novembro, 9
Confesse
Tarde demais
As mil partes do meu coração
Todas as suas (im)perfeições
Verity
Se não fosse você
Layla
Até o verão terminar
Uma segunda chance

TALVEZ NÃO

COLLEEN HOOVER

Tradução:
Carolina Simmer

2ª edição

Galera
RIO DE JANEIRO
2025

REVISÃO
Cristina Maria Freixinho

DIAGRAMAÇÃO
Abreu's System

CAPA
Adaptada do design original
de Laywan Kwan

IMAGEM DE CAPA
Getty Images e Stocksy

TÍTULO ORIGINAL
Maybe Not

CIP-BRASIL. CATALOGAÇÃO NA PUBLICAÇÃO
SINDICATO NACIONAL DOS EDITORES DE LIVROS, RJ

H759t

Hoover, Colleen
    Talvez não / Colleen Hoover ; tradução Carolina Simmer. - 2. ed. -
Rio de Janeiro: Galera Record, 2025.

    Tradução de: Maybe not
    ISBN 978-65-5981-531-9

    1. Ficção americana. I. Simmer, Carolina. II. Título.

25-97318.0

CDD: 813
CDU: 82-3(73)

Meri Gleice Rodrigues de Souza – Bibliotecária – CRB-7/6439

Copyright © 2014 by Colleen Hoover

Todos os direitos reservados.
Proibida a reprodução, no todo ou em parte, através de quaisquer meios.
Os direitos morais da autora foram assegurados.

Texto revisado segundo o Acordo Ortográfico da Língua Portuguesa de 1990.

Direitos exclusivos de publicação em língua portuguesa somente para o Brasil
adquiridos pela
EDITORA GALERA RECORD LTDA.
Rua Argentina, 120 – Rio de Janeiro, RJ – 20921-380 – Tel.: (21) 2585-2000,
que se reserva a propriedade literária desta tradução.

Impresso no Brasil

ISBN 978-65-5981-531-9

Seja um leitor preferencial Record.
Cadastre-se e receba informações sobre nossos
lançamentos e nossas promoções.

Atendimento e venda direta ao leitor:
sac@record.com.br

*Para Kendall Smith, uma das minhas melhores amigas.
Você esteve ao meu lado desde que éramos pequenas,
e eu não conseguiria fazer nada disto sem você.*

1.

Estou convencido de que o interfone do inferno é o som do meu alarme berrando no volume máximo junto aos gritos de todas as almas condenadas.

E é por isso que nunca vou matar ninguém, porque de jeito nenhum que eu vou conseguir conviver com essa barulheira por toda a eternidade. Não aguento nem cinco segundos disso.

Estico o braço e desligo o alarme, já desanimado com a ideia de mais um dia de trabalho. Odeio ter que continuar naquele emprego de merda como barista só para pagar a faculdade. Pelo menos Ridge não cria caso por eu nem sempre conseguir pagar o aluguel, já que sou o empresário da banda. Por enquanto, está dando certo, mas, *meu Deus, como eu odeio manhãs.*

Espreguiço os braços, levo as mãos aos olhos, esfregando em uma tentativa de afastar o sono. Quando meus dedos encontram meus olhos, passo um milésimo de segundo pensando que meus piores medos se concretizaram e realmente estou queimando no inferno, porque CARALHO! *Filho da puta! Vou matar esse desgraçado!*

— Ridge! — berro.

Ai, meu Deus. Está ardendo.

Levanto e tento abrir os olhos, mas eles estão ardendo demais. É a pegadinha mais batida do mundo, e não acredito que caí nela. *De novo.*

Não consigo encontrar meu short — *cacete, está ardendo demais* —, então vou aos tropeços até o banheiro para lavar a pimenta dos meus olhos e das minhas mãos. Encontro a maçaneta e abro a porta, indo correndo até a pia. Penso ter escutado uma garota gritando, mas é bem provável que os gritos estejam vindo de *mim*.

Junto as mãos em concha embaixo da água corrente e as levo até meus olhos, lavando-os sem parar até a ardência dar uma trégua. Quando a situação melhora, meu ombro começa a doer dos vários ataques que estou recebendo.

— Sai daqui, seu tarado!

Agora estou acordado o suficiente para saber que era mesmo uma garota berrando, e que essa garota está batendo em mim. No *meu* banheiro.

Pego uma toalha de mão e a pressiono contra os olhos enquanto tento me proteger dos socos dela com meu cotovelo.

— Eu estava fazendo xixi, seu nojento! Sai daqui!

Cacete, ela é forte. Ainda não consigo enxergá-la direito, mas reconheço os punhos voando na minha direção. Seguro os braços dela para impedi-la de continuar me atacando.

— Para de me bater! — grito.

A porta do banheiro que dá para a sala se abre, e meu olho esquerdo já voltou ao normal o suficiente para eu conseguir identificar Brennan parado do outro lado.

— Que merda é essa?

Ele vem na nossa direção e me separa dela, ficando entre nós dois. Levo a toalha até meus olhos e os fecho com força.

— Ele entrou aqui enquanto eu estava fazendo xixi! — grita a garota. — E está pelado.

— Meu Deus, Warren. Veste alguma coisa — diz Brennan.

— Como eu ia saber que seria atacado no meu próprio banheiro? — digo, apontando para ela. — E por que diabos ela está usando o meu banheiro, para começo de conversa? Suas convidadas podem usar o *seu* banheiro.

Brennan imediatamente ergue as mãos, na defensiva.

— Ela não passou a noite comigo.

— Que nojo — murmura a garota.

Não sei por que Ridge achou que seria uma boa ideia alugar um apartamento de quatro quartos. Mesmo com um deles vazio, ter mais duas outras pessoas morando aqui já não é o ideal. Ainda mais quando tem gente dormindo no apartamento e sem saber qual banheiro deve usar.

— Olha só — digo, empurrando os dois na direção da porta que leva à sala. — Este é o meu banheiro, e eu gostaria de usá-lo. Não me importa onde nem com quem ela dormiu; ela pode usar o seu banheiro. Este aqui é meu.

Brennan ergue um dedo e se vira para me encarar.

— Na verdade — diz ele —, este é um banheiro *compartilhado*. Com *aquele* quarto. — Ele aponta para a porta que leva ao outro quarto. — Que agora é da... — ele aponta para a garota — ... Bridgette. A sua nova colega de quarto.

Fico sem reação.

Por que ele acabou de chamá-la de minha nova colega de quarto?

— Como assim, *colega de quarto*? Ninguém me perguntou se eu queria uma nova colega de quarto.

Brennan dá de ombros.

9

— Você mal paga o aluguel, Warren. Ninguém vai pedir sua opinião sobre quem pode morar aqui.

Ele sabe que não pago aluguel porque ajudo a empresariar a banda, mas é mesmo Ridge quem segura a barra da maior parte dos custos da casa. Faz sentido, infelizmente.

Isso não é bom. Não posso dividir o banheiro com uma garota. Ainda mais uma garota que bate com uma força dessas. Ainda mais uma garota com toda aquela pele queimada de sol.

Afasto o olhar. Detesto que ela seja bonita. Detesto que ela tenha cabelo castanho-claro comprido, porque gostei muito dele e do jeito como está preso, todo bagunçado.

Merda!

— Bom, foi muito agradável te conhecer — diz Bridgette, vindo na minha direção. Ela empurra meus ombros, me impulsionando na direção do meu quarto. — Agora, espera a sua vez, *vizinho*.

A porta do banheiro fecha na minha cara, e estou novamente no meu quarto. Ainda pelado. E só um pouquinho humilhado.

— Você também pode ir embora — escuto ela dizer para Brennan pouco antes da porta da sala bater.

Segundos depois, escuto o barulho de água corrente.

Ela está no chuveiro.

No *meu* chuveiro.

Ela provavelmente está tirando a blusa agora, jogando-a no chão, baixando a calcinha.

Estou fodido.

Meu apartamento é meu santuário. Minha caverna. O único lugar onde minha vida não é comandada por mulheres. Minha chefe é mulher, todas as minhas professoras são mulheres, minha irmã e minha mãe são mulheres. Quando

10

Bridgette entrar no meu chuveiro e tomar posse dele com seus xampus femininos, giletes e essas porras todas, estarei ferrado. Aquele é o *meu* chuveiro.

Vou até o quarto de Ridge e ligo e desligo o interruptor duas vezes para avisar que estou entrando, já que ele é surdo e não vai me ouvir batendo nem caminhando a passos duros até seu quarto feito um menino prestes a dedurar o irmão caçula.

Ligo e desligo o interruptor mais duas vezes e então escancaro a porta. Ele está se apoiando nos cotovelos, com uma cara de sono. Ele vê a raiva estampada no meu rosto e começa a rir, achando que estou aqui por causa da pegadinha com a pimenta.

Fico puto de ter caído. Mas meu sono é tão pesado que ele sempre me pega.

— A pegadinha foi babaquice — sinalizo em Língua de Sinais para ele. — Mas não vim por causa disso. A gente precisa conversar.

Ele senta na cama e estica o braço para inclinar seu relógio e ver que horas são. Ele olha de volta para mim, nervoso.

— São seis e meia da manhã — sinaliza ele de volta. — O que você pode ter para falar às seis e meia da manhã?

Aponto na direção do quarto da nova colega de quarto. *Bridgette.*

Odeio o nome dela.

— Você deixou uma *garota* se mudar para cá? — Faço o sinal para colega de quarto e continuo: — Por que diabos você deixou uma *garota* morar com a gente?

Ridge sinaliza o nome de Brennan.

— Foi tudo coisa dele. Ele não me deu muita opção.

Solto uma risada.

— Desde quando o Brennan se importa tanto assim com garotas?

— Eu te escutei — diz Brennan às minhas costas. — *E* vi você sinalizar.

Viro para encará-los.

— Que bom. Então pode me responder.

Ele me lança um olhar irritado, então olha na direção de Ridge.

— Pode ir dormir. Eu lido com a criança.

Ele gesticula para que eu o siga até a sala, desligando a luz de Ridge ao sair.

Gosto de Brennan, mas o fato de nos conhecermos há tanto tempo faz com que às vezes eu sinta como se ele fosse meu irmão caçula. Meu irmão caçula *irritante pra caralho*. Meu irmão caçula que acha que deixar as namoradas dele morarem com a gente é uma boa ideia.

— É só por uns meses — explica Brennan, seguindo para a cozinha. — Ela está passando por um período complicado e precisa de um lugar para ficar.

Vou atrás de Brennan.

— E desde quando você faz caridade? Você não deixa nem suas peguetes dormirem aqui depois de fazer o que quer com elas, que dirá morar no seu apartamento. Você está apaixonado por ela ou algo parecido? Porque, se for por isso, essa é a decisão mais imbecil que já tomou na vida. Você vai se cansar dela em uma semana, e aí como é que a gente fica?

Brennan se vira para me encarar e ergue um dedo, com toda a calma do mundo.

— Eu já te falei, não é assim. Nós não estamos juntos nem nunca vamos ficar. Mas ela é importante pra mim e está passando por uma fase difícil, e nós vamos ajudar, beleza? — Ele tira uma garrafa de água da geladeira e abre a tampa. — Não vai ser tão ruim assim. Ela estuda e trabalha em tempo integral, então quase nunca vai estar aqui. Você nem vai perceber.

Solto um gemido, frustrado, e esfrego o rosto com as mãos.

— Que maravilha — resmungo. — A última coisa de que eu preciso agora é de uma garota tomando conta do meu banheiro.

Brennan revira os olhos e começa a voltar para seu quarto.

— É só um *banheiro*, Warren. Você está se comportando que nem um pé no saco.

— Ela *bateu* em mim! — digo, me defendendo.

Brennan se vira e ergue uma sobrancelha.

— Viu como estou certo?

Ele entra no quarto e fecha a porta.

A água é desligada no banheiro, e escuto a cortina abrir. Assim que a porta do quarto dela fecha, sigo para o banheiro. Para o *meu* banheiro. Tento abrir a porta da sala, mas está trancada por dentro. Dou a volta pelo meu quarto e verifico essa porta, mas também está trancada. Saio do meu quarto e vou direto para o dela. Tenho um vislumbre do seu corpo antes de ela gritar e se cobrir com uma toalha.

— Que porra você está *fazendo*?

Ela pega um sapato e o joga em mim. Ele me acerta no ombro, mas nem me abalo. Eu a ignoro e entro no banheiro, batendo a porta com força. Eu me apoio na madeira, giro o trinco e então fecho os olhos.

Porra, mas ela é gostosa.

Por que ela tinha que ser gostosa?

E sei que só dei uma espiada rápida, mas... ela se depila. *Toda.*

13

Já era ruim ter que dividir o banheiro com uma garota, mas, agora, tenho que dividir o banheiro com uma garota *gostosa*? Uma garota gostosa super-rabugenta? Uma garota gostosa com um bronzeado lindo e o cabelo tão longo e espesso que cobre seus seios quando está molhado, e *merda, merda, merda*.

Odeio Brennan. Odeio Ridge. E também amo os dois por fazerem isso comigo.

Talvez a presença dela no apartamento não seja tão ruim assim.

— Ei, seu babaca! — berra ela do outro lado da porta. — Acabei com a água quente. Bom banho!

Talvez não.

Vou até o quarto de Brennan e abro a porta. Ele está arrumando uma mala e nem olha para mim quando me aproximo.

— O que foi agora? — pergunta ele, irritado.

— Preciso te perguntar uma coisa, e preciso que você seja honesto.

Ele suspira e se vira para me encarar.

— O quê?

— Você transou com ela?

Ele olha para mim como se eu fosse idiota.

— Já falei que não.

Odeio que ele esteja sendo tão adulto e calmo sobre esta situação toda, porque minha reação está fazendo com que eu me sinta muito imaturo. O imaturo de nós sempre foi Brennan. Desde que conheci Ridge... *Nossa, quanto tempo faz? Dez anos? Eu tenho vinte e quatro, Brennan tem vinte e um... é. Dez anos.* Nós três somos melhores amigos há uma década, e esta é a primeira vez que me sinto inferior a Brennan.

Não estou gostando. *Eu* sou o responsável. Bem, não tão responsável quanto Ridge, é óbvio, mas ninguém é. Sou empresário da banda de Brennan, e sou bom pra cacete nisso, então por que todo esse descontrole agora?

Porque sim. Eu me conheço, e, se não conseguir me livrar da nova colega de quarto em um futuro próximo, é bem provável que fique a fim dela. E, se eu ficar a fim dela, preciso ter certeza de que Brennan *não* esteja também.

— Você precisa me falar a verdade, porque acho que está apaixonado por ela, e preciso que me diga que não está, porque estou com a sensação de que vou querer beijá-la. E tocar nela. Muito. Tipo, nela toda.

Brennan coloca as mãos na testa, e ele me encara como se eu tivesse perdido o juízo. Ele dá vários passos para trás.

— Você está de sacanagem, Warren? Quer dizer, *puta que pariu*, cara! Três minutos atrás, você estava berrando comigo porque odeia ela e não a quer aqui, e agora você vem me dizer que quer ficar com ela? Você tem duas personalidades?

Faz sentido.

Cacete, qual é o meu problema?

Ando de um lado para o outro do quarto, tentando encontrar uma solução. Ela não pode ficar aqui. Mas quero que ela fique. Não posso dividir o banheiro com ela, só que também não quero que ela divida o banheiro com mais ninguém. Estou sendo um pouco egoísta, pelo visto.

Paro de andar sem motivo e olho para Brennan.

— Por que ela é tão *marrenta*?

Brennan se aproxima de mim e, com calma, segura meus ombros.

— Warren Russel, você precisa se acalmar. Está começando a me assustar.

Balanço a cabeça.

— Eu sei. Foi mal. É só que não quero ficar a fim de uma garota que tenha algum lance com você, então preciso saber que não é isso que está rolando, porque a gente se conhece há tempo demais pra deixar uma coisa dessas estragar tudo. Mas você também sabe que não pode simplesmente jogar uma garota feito aquela em cima de mim e esperar que eu não vá ter ideias. Acabei de ver ela pelada, e já estou na merda. Ela é perfeita pra cacete embaixo daquelas roupas todas, e... — Levanto o olhar para ele. — Só quero ter certeza de que não vou estar me metendo em nada quando eu tiver fantasias com ela hoje à noite.

Brennan me encara, pensando na minha declaração. Ele me dá dois tapinhas nos ombros e volta para sua mala.

— Ela é marrenta, Warren. Talvez a garota mais marrenta que eu já conheci. Então, se ela te matar enquanto você dorme, não vai dizer que eu não te avisei. — Ele fecha a mala e começa a puxar o zíper. — Ela precisava de um lugar pra ficar, e nós temos um quarto sobrando. A vida dela faz a minha e a do Ridge parecer um mar de rosas, então pega leve.

Sento na beira da cama dele. Estou tentando ter compaixão, mas o empresário dentro de mim está meio desconfiado.

— Ela te ligou do nada e pediu pra morar aqui? Você não acha isso meio suspeito, Brennan? Será que não teve nada a ver com a banda finalmente estar começando a fazer sucesso?

Brennan me encara.

— Ela não é interesseira, Warren. Confia em mim. E pode dar em cima dela se você quiser, estou pouco me lixando.

Ele vai até a porta e pega as chaves sobre a cômoda.

— Volto na semana que vem, depois do último show. Você reservou todos os hotéis?

Concordo com a cabeça.

— Te mandei as reservas por e-mail.

— Valeu — diz ele enquanto sai do quarto.

Eu desmorono sobre a cama. Odeio o fato de Brennan não estar a fim dela. Isso significa que ela está livre.

Eu estava quase que torcendo para não ser o caso.

Mas então abro um sorriso, porque é.

2.

— O que você está fazendo? — sinaliza Ridge.

Sigo para o quarto de Bridgette com outro copo de água. Depois que cuidadosamente o deposito no chão com todos os outros, volto para a sala.

— Já faz duas semanas que ela está aqui — devolvo. — Se ela quer morar com a gente, precisa aguentar as pegadinhas. Essa é a regra.

Ridge balança a cabeça com ar reprovador.

— *O quê?* — sinalizo, na defensiva.

Ele solta um suspiro.

— Ela não parece o tipo de pessoa que curte pegadinhas. Você vai se dar mal. Ela nem falou com a gente desde que se mudou.

Discordo, balançando a cabeça.

— Ela não falou com *você* porque você é surdo e ela não sabe usar a Língua de Sinais. Ela não falou comigo porque se sente intimidada por mim.

— Ela se sente *irritada* com você — sinaliza Ridge. — Não acho que aquela garota se intimide com nada.

Balanço a cabeça.

19

— Ela não está irritada comigo. Talvez se sinta atraída por mim, e por isso me evite. Porque sabe que pessoas que moram juntas não deveriam se pegar.

Ridge aponta para o quarto dela.

— Então por que você está fazendo questão de pregar uma peça nela? Você *quer* que ela fale com você? Porque, se você acha que pessoas que moram juntas não deveriam se pegar, então é melhor...

Eu o interrompo.

— Não é que *eu* ache que pessoas que moram juntas não deveriam se pegar. Só acho que é por esse motivo que ela está me evitando.

— Então você quer pegar ela?

Reviro os olhos.

— Você não está entendendo. Não, não quero pegar ela. Sim, gosto de olhar pra bunda dela. E só estou fazendo a pegadinha porque, se ela vai morar aqui, precisa se acostumar com esse tipo de coisa. Quem está na chuva é pra se molhar.

Ridge joga as mãos para o alto, desistindo, e volta para seu quarto no mesmo instante em que a porta da frente começa a abrir. Vou correndo para o meu quarto e fecho a porta antes de ela me ver.

Sento na cama e espero.

E espero.

E espero mais um pouco.

Deito na cama. Espero mais um pouco.

Ela não dá nem um pio. Não escuto nenhum som de raiva por eu ter enchido mais de cinquenta copos de água e os posicionado estrategicamente por todo o quarto dela. Não escuto passos irritados indo até a cozinha para esvaziá-los. Não escuto ninguém batendo à minha porta para jogar os copos de água na minha cara como vingança.

Não estou entendendo nada.

Levanto e saio do quarto, mas ela não está na cozinha nem na sala. Os sapatos de trabalho dela estão do lado da porta da frente, onde sempre ficam, então sei que ela chegou. Sei que ela entrou no quarto.

Que decepção. A falta de uma reação por parte dela me dá a impressão de que a pegadinha foi um fracasso, quando sei que não foi. Foi incrível. Não havia como ela entrar no quarto sem ter que tirar os copos do lugar.

Volto para o meu quarto e deito na cama. Quero ficar irritado com ela. Quero odiá-la por ser péssima em revidar pegadinhas.

Mas não consigo. É impossível não parar de sorrir, porque adoro ter me surpreendido com sua reação. Foi inesperado, e gosto disso.

— Warren.

A voz dela parece tão doce. Devo estar sonhando.

— Warren, acorda.

Tão, tão doce. Quase angelical.

Demoro alguns segundos para assimilar a voz, o fato de que ela está me acordando, a estranheza de ela estar na porta do meu quarto, chamando meu nome. Lentamente abro os olhos e viro para cima. Eu me apoio nos cotovelos e a encaro. Ela está parada na porta, entre o quarto e o banheiro. Está usando uma blusa larga da Sounds of Cedar, e não parece ter mais nada por baixo.

— O que foi? — pergunto.

Ela me quer. Ela me quer muito.

Ela cruza os braços. Ela inclina a cabeça para o lado, e fico observando seus olhos se estreitarem, com um ar irritado.

— Nunca mais coloca o pé no meu quarto. Babaca.

Ela se empertiga e volta para o banheiro, batendo a porta.

Olho para o relógio, e são duas da manhã. Ela demorou bastante para reagir à minha pegadinha. Será que ficou esperando eu cair no sono só para me acordar e gritar comigo? É isso que ela considera vingança?

Que amadora.

Sorrio para mim mesmo e giro, me ajeitando na cama. Quando um jorro de água cai sobre mim, inspiro com força.

Mas que porra é essa?

Olho para cima no mesmo instante em que um copo vazio cai da beira da cabeceira e me acerta bem no meio da testa.

Fecho os olhos, com vergonha por não ter previsto essa possibilidade. Estou com vergonha de mim mesmo. E, agora, preciso dormir em cima de toalhas, porque meu colchão está todo molhado.

Jogo as cobertas para o lado e levo as pernas para a lateral da cama, apenas para meus pés encontrarem mais copos de água. Derrubo vários na minha tentativa de levantar, criando quase que um efeito dominó. Eu me inclino e tento segurá-los, mas só pioro a situação. Ela colocou todos muito perto uns dos outros, por todo o chão do quarto, e não consigo encontrar um lugar seguro onde pisar.

Tento me esticar para a mesa de cabeceira ao mesmo tempo que levanto a perna direita para não pisar em mais copos, só que me desequilibro, e... *pois é*. Caio no chão. Na pilha restante de copos cheios de água. Água que agora se espalha pelo meu carpete.

Touché, Bridgette.

Estou levando os copos do quarto para a cozinha, indo e voltando, indo e voltando. Ridge está sentado à mesa, me encarando. Sei que ele quer me perguntar o motivo dos copos estarem no meu quarto, mas é melhor ele ficar quieto. Tenho certeza de que a expressão no meu rosto está deixando bem explícito que não preciso ouvir um *"Eu bem que avisei"*.

A porta do quarto de Bridgette abre, e ela sai com uma mochila pendurada no ombro. Faço uma pausa e a encaro por alguns segundos. Seu cabelo está preso em um rabo de cavalo. Ela está usando uma calça jeans e um top azul. Geralmente, só a vejo usando seu uniforme do Hooters, que, para deixar claro, é incrível. Mas isto? Vê-la com roupas normais, de chinelo e sem maquiagem, é... *Não olha pra ela.*

— Bom dia, Warren — diz ela, me fitando com desdém. Ela olha para o copo em minhas mãos. — Dormiu bem?

Abro um sorriso para ela.

— Vai se ferrar, Bridgette.

Ela franze o nariz e balança a cabeça.

— Pelo visto, não — diz ela, seguindo para a porta da frente. — Ah, aliás. O papel higiênico acabou. E eu não estava encontrando a minha gilete, entao espero que não se importe de eu ter usado a sua. — Ela abre a porta e se vira para mim. — E... — Ela franze o nariz de novo. — Deixei sua escova de dentes cair na privada sem querer. Foi mal. Mas lavei tudo.

Ela fecha a porta bem no momento em que um dos copos de água voa da minha mão e acerta a madeira.

Que vaca.

Ridge passa calmamente por mim, indo direto para o próprio quarto. Ele nem olha na minha direção, porque me conhece melhor do que ninguém e, portanto, sabe que é melhor não falar comigo agora.

Eu queria que Brennan também me conhecesse tão bem, porque ele está rindo, entrando na cozinha. Sempre que ele olha para mim, começa a rir ainda mais.

— Sei que ela é marrenta, mas, meu Deus, Warren. Ela te *odeia*. — Ele ainda está rindo enquanto abre o lava-louça para carregá-lo. — Tipo, ela te odeia pra valer.

Termino minha peregrinação pela sala e deixo os copos vazios ao lado da pia.

— Não dá mais — digo para ele. — Não consigo morar com uma garota.

Brennan olha para mim, achando graça. Ele não entendeu que estou falando sério.

— Hoje. Quero que ela saia daqui hoje mesmo. Ela pode ir morar com uma amiga, ou com a tal irmã com quem vive falando no telefone. Não quero mais ela aqui, Brennan.

Ele percebe que não estou de brincadeira e se empertiga, pressionando as mãos na bancada às suas costas, me analisando. Brennan balança a cabeça.

— Ela não vai embora.

Brennan se inclina para baixo e fecha o lava-louça, apertando o botão para ligá-lo. Ele começa a se afastar, então o sigo.

— Você não tem a palavra final sobre quem mora aqui. Já tem duas semanas que estou tentando me dar bem com ela, e é impossível, porra.

Brennan olha para os copos sobre a bancada.

— A sua ideia de fazer amizade é ficar pregando peças?
— Ele me encara. — Você não entende nada sobre mulheres, Warren. — Ele me dá as costas e segue para seu quarto.
— Ela não vai embora. Ela mora com a gente agora, então *para* de encher o saco.

Ele bate a porta com força, e isso só serve para me irritar ainda mais, porque estou cansado de todo mundo ficar batendo portas ultimamente. Atravesso a sala a passos duros e escancaro a porta do quarto de Brennan.

— Se ela não for, eu vou!

Assim que as palavras saem da minha boca, me arrependo. Na verdade, não me arrependo. Não vou a lugar nenhum, mas talvez a ameaça o faça mudar de ideia. Ele dá de ombros.

— A gente se vê por aí — diz ele, despreocupado.

Eu me viro e soco a porta.

— É sério, Brennan? Você deixaria eu ir embora em vez dela?

Ele se levanta e se aproxima de mim, só parando quando estamos cara a cara.

— Sim, Warren. Eu deixaria. Então pensa um pouco nisso e me avisa quando você vai se mudar.

Suas mãos agarram a porta, e ele tenta fechá-la na minha cara, mas a seguro com a mão espalmada e a empurro de volta.

— Você está transando com ela — digo.

— Para com isso! Não estou transando com ela.

Minha mandíbula está cerrada, e assinto lentamente com a cabeça. Essa é a única explicação para ele continuar defendendo-a desse jeito.

— Não sei por que você não quer admitir, Brennan. Não tem problema. Você está apaixonado pela Bridgette e não quer que ela se mude. Se você admitir, eu paro de encher o saco.

A mandíbula de Brennan tensiona, e ele bufa rápido, frustrado. Ele passa as mãos pelo cabelo, e é aí que vejo. Estampado na sua cara.

Brennan está apaixonado por Bridgette.

Não sei como me sentir em relação a isso, o que não faz sentido, já que estou tentando expulsá-la daqui.

— Warren — diz ele em um tom calmo.

Ele entra no quarto e gesticula para que eu faça o mesmo. Não sei por que ele acha que precisa de privacidade quando a única outra pessoa neste apartamento é Ridge. Ele fecha a porta depois que entro, levando em seguida as mãos ao quadril e encarando o chão durante vários segundos. Quando seus olhos finalmente encontram os meus, têm um ar derrotado.

Eu sabia.

— Não estou apaixonado pela Bridgette — diz ele, tranquilo. — Ela é minha irmã.

3.

Estou andando de um lado para o outro do quarto, com a mão na testa, pausando de tempos em tempos para encarar Brennan e balançar a cabeça antes de voltar a andar de novo.

A situação estava melhor quando eu achava que ele estava transando com ela.

— Como? — pergunto. — Como isso é possível? — Paro de novo e o encaro. — E por que vocês não me contaram antes?

Eu me sinto um pouco excluído, como se Ridge e Brennan estivessem escondendo um grande segredo de família de mim. Isso não é certo, porque *eu* faço parte da família deles. Eles foram morar comigo depois que saíram de casa. Meus pais os acolheram, lhes deram um teto e comida na mesa.

— O Ridge não sabe — diz Brennan. — E não quero que ele saiba antes de termos certeza. Queremos fazer logo um teste de paternidade, mas ainda não tivemos tempo, e é meio caro.

Que maravilha. Não consigo guardar segredos de Ridge. Nós somos melhores amigos desde que tínhamos dez anos. Nunca guardei um segredo dele, ainda mais se tratando de algo tão importante.

— Warren, promete que você não vai contar pra ele. A última coisa de que ele precisa agora é de mais estresse, e, se descobrir que estive em contato com o nosso pai, vai levar pro lado pessoal.

Ergo as mãos.

— Seu pai, Brennan? Por que diabos você quis entrar em contato com aquele desgraçado?

Ele balança a cabeça.

— Eu não queria. Depois que Bridgette descobriu que a mãe biológica dela teve um caso com o nosso pai, ela me encontrou e pediu ajuda para encontrá-lo. — Ele cruza os braços e olha para o chão. — Eu avisei como seria, mas ela precisava ver com os próprios olhos. Não vou encontrar de novo com meu pai, mas, se o Ridge souber que fiz isso, vai achar que tentei entrar em contato com nossos pais sem que ele soubesse, e não foi isso o que rolou.

— O que seu pai disse quando você apareceu depois de tanto tempo?

Ridge e Brennan foram morar comigo e com meus pais quando tinham apenas dezessete e catorze anos, então faz uns sete que os dois não têm contato com o pai.

Brennan balança a cabeça.

— Ele está a mesma coisa. Mal falou duas frases pra gente antes de nos mandar embora. Acho que ela ficou tão decepcionada que nem se daria ao trabalho de fazer o teste de paternidade se não fosse pela possibilidade de eu e o Ridge sermos seus irmãos. Acho que ela só quer ter uma família, e é por isso que estou ajudando. Me sinto mal por ela.

Inacreditável. Eu jamais teria adivinhado.

— Ela nem se parece com vocês.

Brennan e Ridge são quase idênticos, e os dois são a cara do pai. Se eles e Bridgette têm uma conexão paterna, seria de esperar que houvesse alguma semelhança física entre os três. Além do cabelo castanho, nada nela é parecido com Ridge ou Brennan. Seus olhos verdes não têm nada a ver com os castanho-escuros deles, então, se eles realmente forem irmãos, ela deve ter puxado à mãe. Posso estar querendo justificar o fato de que não quero que eles sejam parecidos. Isso seria um pouquinho esquisito para mim.

Brennan dá de ombros.

— A gente ainda não tem certeza, Warren. Se, no fim das contas, ela não for filha do nosso pai, o Ridge nem vai precisar ficar sabendo de nada disso.

Concordo com a cabeça, vendo a lógica de Brennan. Ridge já tem problemas demais tendo que lidar com as questões de Maggie, e, até haver uma resposta definitiva, não tem motivo para ele se estressar com isso.

— O que vai acontecer com a Bridgette? — pergunto. — Se ela acabar não sendo sua irmã?

Brennan dá de ombros.

— Então acho que ela vai ser apenas a nossa nova colega de quarto.

Sento na cama e tento assimilar as informações. Isso muda todo o cenário. Se ela for irmã de Ridge e Brennan, não será só minha colega de quarto. Ela e sua marra e seu short minúsculo do Hooters farão parte das nossas vidas para sempre.

Não sei o que acho disso.

— Tem certeza de que ela não está só tentando te passar a perna?

Brennan revira os olhos.

— Aquela garota só está tentando sobreviver, Warren. Ela teve uma vida muito merda, e, mesmo que a gente não tenha nenhum parentesco, ela precisa de ajuda. Então, faça o favor. Você não precisa ser legal com ela. Só ter o mínimo de compaixão pra deixar que ela fique morando aqui.

Assinto com a cabeça e volto a cair sobre a cama. *Irmã?*

— Então — digo para Brennan. — Acho que isso significa que você realmente não é a fim dela. O que significa que eu *posso* ser.

O travesseiro de Brennan acerta a minha cara.

— Você é nojento.

4.

Brennan tinha razão. Eu sou nojento. Nunca me senti tão decepcionado comigo mesmo quanto nas últimas duas semanas. Desde o instante em que descobri que ela pode ser irmã de Ridge e Brennan, não consigo parar de encará-la. Fico tentando identificar os maneirismos que eles têm em comum, ou traços físicos, mas a única coisa que notei é como ela fica gostosa no uniforme do Hooters.

O que, por sua vez, faz com que eu me sinta um merda, porque pensar nela usando o uniforme tem causado sonhos bem esquisitos. Ontem à noite, sonhei que eu entrava no apartamento e ela estava parada na cozinha, usando aquele short laranja minúsculo com a barriga aparecendo. Só que, quando olhei para seu rosto, não foi ela que vi. Foi Brennan. Ele sorria para mim com uma expressão presunçosa, e, quando comecei a ter ânsia de vômito, Ridge saiu do quarto usando o mesmo uniforme.

Depois disso, acordei e precisei ir imediatamente para o banheiro e escovar meus dentes. Não sei por que achei que fazer isso ajudaria, mas paciência. Essa história de irmãos está fodendo com a minha cabeça mais do que deveria. Por um lado, acho que seria maneiro se Ridge e Brennan tivessem uma irmã. Por outro, não quero que essa irmã seja Bridgette. Principalmente porque tenho minhas dúvidas sobre ela ter aparecido do nada bem quando Brennan está começando a fazer sucesso. Ela tem segundas intenções? Será que pode achar que ele é cheio da grana?

Porque, como empresário da banda, posso garantir que não é o caso. Todo o dinheiro que a banda ganha é investido de volta em marketing e custos de viagem. Chegamos ao ponto em que eles estão dedicando tanto tempo e esforço que, se a próxima turnê não der lucro, pode muito bem ser a última. E é por isso que fico meio frustrado com toda essa situação com a Bridgette, porque preciso que Brennan se concentre na Sounds of Cedar e que Ridge se concentre em compor. Não quero que os dois se enrolem com dramas familiares.

Mas que droga. Aquele short.

Estou parado na porta do meu quarto, olhando para ela. Ela está na cozinha, conversando com alguém no telefone enquanto prepara algo para comer. O telefone está na bancada, ligado no viva-voz.

Bridgette não notou minha presença, então, até que ela faça isso, vou ficar bem aqui. Porque nunca a testemunhei tendo uma conversa normal, e não consigo parar de olhar. O que é esquisito, porque quantas vezes vejo pessoas interagindo casualmente com as outras em um dia? O fato de eu estar fascinado por ver Bridgette se comportando assim diz muito sobre sua personalidade. Ela daria um estudo antropológico interessante, levando em consideração que não parece seguir os padrões que a sociedade espera de uma jovem.

— Não aguento mais morar neste dormitório — reclama a pessoa no viva-voz. — Minha colega de quarto é um pé no saco.

Bridgette inclina a cabeça na direção do celular, mas não vira na minha direção.

— Você consegue aguentar até se formar.

— E aí a gente pode alugar um lugar só nosso?

Fico animado com a possibilidade de ela se mudar.

— Não tem como a gente bancar um lugar — diz Bridgette.

— Teria se você voltasse a fazer filmes pornô.

— Foi só um filme — responde Bridgette, na defensiva. — A gente precisava da grana. E eu só apareci por uns três minutos, então você pode, por favor, parar de tocar nesse assunto?

Puta merda. *Diz o nome, por favor, diz o nome.* Preciso saber o nome desse filme.

— Tá bom, tá bom — diz a garota, rindo. — Vou parar de tocar no assunto se você prometer que vou me livrar do dormitório daqui a três meses.

Bridgette balança a cabeça.

— Você sabe que nunca prometo nada. E já se esqueceu de quando nós passamos três meses tentando morar juntas? Porque como nós sobrevivemos ainda é um mistério. A gente se dá melhor à distância, e você está saindo no lucro morando no dormitório, pode acreditar.

— Affe. Eu sei que você tem razão — diz a garota. — Preciso parar de enrolar e arrumar um emprego. Como está o trabalho no Hooters?

Bridgette bufa.

— É o pior emprego que já tive. — Ela se vira para pegar o celular, e seus olhos encontram os meus. Nem tento esconder que eu estava ouvindo a conversa. Ela me lança um olhar irritado enquanto pega o telefone e o leva até a boca. — Eu te ligo mais tarde, Brandi. — Ela encerra a ligação e coloca o telefone na bancada. — Qual é o seu problema?

Dou de ombros.

— Nenhum — digo, me empertigando e seguindo para a cozinha. *Não olha pro short dela, não olha pro short dela.* — Eu só não sabia que você era capaz de ter interações humanas normais.

Bridgette revira os olhos e pega o prato de comida que acabou de preparar. Ela começa a seguir para seu quarto.

— Eu sou legal com pessoas que merecem. — Quando ela chega à porta, se vira e me encara. — Preciso que você me deixe no trabalho daqui a uma hora. Meu carro está na oficina.

Faço uma careta, porque, por algum motivo, a ideia de levá-la para o trabalho me deixa empolgado, e fico decepcionado por ter essa reação. Sinto como se eu fosse duas pessoas diferentes. Sou um cara que acha sua nova colega de quarto um absurdo de gata, mas também sou um cara que não suporta o jeito babaca dela.

Também sou um cara que vai fazer uma pesquisa intensa sobre a indústria pornográfica, porque preciso encontrar esse filme. *Preciso.* Não vou conseguir pensar em outra coisa até vê-lo com meus próprios olhos.

— Qual é o sobrenome da Bridgette? — pergunto a Brennan.

Já mandei cinco mensagens para ele na última meia hora, tentando descobrir, mas ele não me respondeu, então liguei. Tenho certeza de que pesquisar o nome dela no Google me ajudaria a encontrar o filme.

— Cox. Por quê?

Solto uma risada.

— Bridgette Cox? Sério?

Há uma pausa do outro lado da linha.

— Qual é a graça? E por que você quer saber o sobre-nome dela?

— Por nada não — respondo. — Valeu.

Desligo o telefone sem oferecer uma explicação. A última coisa que Brennan precisa saber é que sua possível irmã participou de um pornô.

Mas *Cox*? Que piada pronta.

Passo os quinze minutos seguintes procurando o nome dela no Google, em busca de qualquer coisa relacionada a pornografia. Não encontro nada. Ela deve ter usado um pseudônimo.

Fecho o laptop com força quando a porta do meu quarto é escancarada.

— Vamos — diz ela.

Levanto e calço os sapatos.

— Você nunca se lembra de bater na porta? — pergunto enquanto a sigo pela sala.

— É sério, Warren? Isso vindo do cara que entrou três vezes no banheiro enquanto eu estava lá dentro nas últimas duas semanas?

— Você nunca se lembra de trancar a porta? — rebato.

Ela não responde enquanto sai do apartamento. Pego minhas chaves na bancada e vou atrás dela. Estou curioso sobre o motivo de ela nunca trancar a porta quando está no banho. Meu primeiro pensamento é que ela gosta quando eu entro sem querer. Por qual outro motivo ela faria isso?

Parando para pensar, Bridgette também usa essa porcaria de uniforme por bem mais tempo do que deveria. Ela passa umas duas horas com ele antes de ir trabalhar e continua usando-o por mais ou menos o mesmo tempo depois de voltar para casa. A maioria das pessoas passa o mínimo de tempo possível com o uniforme de trabalho, mas Bridgette parece gostar de exibir a bunda para mim.

Paro ao pé da escada e observo a bunda dela seguindo para o carro.

Puta merda. Acho que Bridgette está a fim de mim.

Ela se vira depois de tentar abrir a porta trancada. Ela me lança um olhar, e continuo paralisado na frente da escada, encarando-a, boquiaberto.

A Bridgette gosta de mim.

— Abre o carro, Warren. Meu Deus.

Ergo o botão e o aponto para o carro para destrancar. Bridgette desliza para o banco do carona e abre o visor, penteando o cabelo com os dedos. Um sorriso se abre lentamente no meu rosto enquanto caminho até o lado do motorista.

A Bridgette me quer.

Isto vai ser divertido.

Depois de dar marcha a ré no carro, divido a atenção entre o trânsito e suas pernas. Ela apoiou uma no painel e está esfregando a coxa sem parar. Não sei se é uma tentativa de sedução ou se ela curte o som de suas unhas passando por sua meia-calça.

Preciso me ajeitar no banco e dar um jeito no meu desconforto, porque nunca ficamos tão perto um do outro por tanto tempo. O clima de tensão é pesado, e não sei se é tudo impressão minha ou se é uma sensação compartilhada. Pigarreio e me esforço para que a carona não se torne os quinze quilômetros mais estressantes que já passei dentro do meu carro.

— Então — digo, tentando pensar em qualquer coisa para quebrar o gelo. — Você curte o seu trabalho?

Bridgette ri baixinho.

— Claro, Warren. *Adoro.* Acho incrível passar todas as minhas noites com velhos agarrando a minha bunda, e gosto mais ainda quando caras bêbados acham que meus peitos são um acessório e não uma parte do meu corpo.

Balanço a cabeça. Não sei por que achei que seria uma boa ideia puxar assunto. Solto o ar e não me dou ao trabalho de perguntar mais nada. É impossível conversar com ela.

O silêncio toma conta do carro pelos próximos três quilômetros. Eu a escuto suspirar e me viro para fitá-la, mas ela está olhando pela janela.

— As gorjetas são boas — comenta ela, baixinho.

Abro um sorriso e volto a olhar para a rua. Sorrio porque sei que esse é o mais perto de um pedido de desculpas que Bridgette é capaz de oferecer.

— Que bom — respondo, deixando-a entender que a perdoo.

Continuamos quietos até chegarmos ao trabalho dela. Paro na frente do restaurante, e ela sai do carro, e então se inclina para baixo e me encara.

— Preciso que você me busque às onze.

Ela bate a porta sem dizer por favor, obrigada nem um tchau. E, apesar de ela ser a pessoa mais mal-educada que já conheci, não consigo parar de sorrir.

Acho que fizemos amizade.

Quando chego em casa, a primeira coisa que faço é começar a analisar todos os filmes pornôs no pay-per-view. Passo as próximas horas assistindo a todos em modo acelerado, pausando sempre que qualquer garota minimamente parecida com ela aparece. Levo em consideração que ela pode ter usado uma peruca, então não posso descartar uma atriz só pela cor do cabelo.

Ridge senta ao meu lado no sofá, e cogito colocar legendas para ele, mas não faço isso. Verdade seja dita, ninguém assiste a pornografia pelo primor dos roteiros.

Ridge me dá uma cotovelada para chamar a minha atenção.

— Que vício novo é esse? — sinaliza ele, se referindo ao fato de que passei o dia inteiro assistindo a um filme pornô atrás do outro.

Não quero falar a verdade, então só dou de ombros.

— Eu curto pornografia.

Ele concorda lentamente com a cabeça, então se levanta.

— Vou ser honesto com você — sinaliza ele. — Isso é esquisito pra cacete. Vou estar na minha varanda, se você precisar de alguma coisa.

Pauso a televisão.

— Você conseguiu escrever alguma música nova?

Ridge parece frustrado com minha pergunta. Ele balança a cabeça.

— Ainda não.

Ele vai embora, e me sinto mal por ter perguntado. Não sei o que mudou nos últimos meses, mas ele anda diferente. Parece mais estressado do que o normal, o que me faz pensar que ele e Maggie podem estar brigando. Ele diz que está tudo bem, mas nunca teve dificuldade para compor para a banda antes, e todo mundo sabe que não existe inspiração musical melhor do que relacionamentos.

Tanto Ridge quanto Brennan têm talento para a música, e sempre tive um pouco de inveja deles nesse quesito. Na verdade, tenho inveja de Ridge por muitas coisas. Ele simplesmente parece ter nascido com certo nível de maturidade, e eu sempre quis ser desse jeito. Ele não é impulsivo como eu e também parece levar os sentimentos dos outros em consideração mais do que eu. Sei que Brennan sempre o admirou, e eu também o admiro, então é difícil vê-lo tendo dificuldade com seja lá o que estiver acontecendo. Ele sabia onde estava se metendo quando começou a sair com Maggie, então não sei se ele está infeliz com o namoro ou se está preocupado por ela estar infeliz. Seja lá qual for o problema, não sei o que posso fazer para ajudá-lo.

Não sei nem se *posso* ajudá-lo.

Volto a me concentrar na televisão e vou passando acelerado por outros três filmes antes de perceber que já são onze horas e que estou atrasado para buscar Bridgette.

Merda. O tempo voa quando você está assistindo a filmes pornô.

Passo os próximos minutos em um passo rápido, percorrendo de carro os quinze quilômetros até o Hooters em tempo recorde. Quando chego, ela está parada do lado de fora com os braços cruzados, lançando olhares fulminantes para o carro. Ela escancara a porta e entra.

— Você está atrasado.

Espero até ela bater a porta com força e piso no acelerador.

— De nada pela carona, Bridgette.

Consigo sentir a raiva emanando dela. Não sei se é só pelo meu atraso ou porque ela teve uma noite de merda no trabalho, mas não sou eu que vou perguntar. Quando chegamos ao prédio, ela salta antes mesmo que eu puxe o freio de mão. Ela sobe as escadas batendo os pés e bate a porta da frente com força.

Entro no apartamento e vejo que ela já foi para o quarto. Tento ser compreensivo, mas isto é simplesmente... *uma falta de educação do caralho.* Dou carona para ela de ida e volta do trabalho, e ela só reclama? Ninguém precisa ter tido aulas de etiqueta para saber que esse comportamento é mal-educado. Cacete, eu sou uma das pessoas mais insensíveis que conheço, e jamais trataria alguém do jeito como ela está me tratando.

Sigo para o meu quarto e vou direto para o banheiro. Ela já está lá, parada na frente da pia, lavando o rosto.

— Esqueceu de bater de novo? — pergunta ela, revirando os olhos de um jeito dramático.

Eu a ignoro e sigo para o vaso. Abro a tampa e a calça. Tento não sorrir quando a escuto bufar para o fato de que comecei a mijar com ela dentro do banheiro.

— É sério mesmo isso?

Continuo ignorando os comentários dela e dou descarga quando termino. Deixo a tampa aberta de propósito e vou até a pia, parando ao lado dela. *Eu também sei ser babaca, Bridgette.*

Pego minha escova, coloco a pasta e começo a escovar os dentes. Ela me dá uma cotovelada quando a atrapalho na pia, tentando me empurrar para o lado. Devolvo a cotovelada e continuo escovando os dentes. Ergo o olhar para nosso reflexo no espelho e gosto do que vejo. Sou vários centímetros mais alto. Meu cabelo é mais escuro, e meus olhos são castanhos, enquanto os dela são verdes. Mas nós combinamos. Parado ao lado dela assim, vejo que poderíamos formar um casal atraente. Talvez até fazer uns filhos bonitos.

Porra.

Por que estou pensando uma coisa dessas?

Ela termina de tirar a maquiagem do rosto antes de pegar a própria escova de dentes. Agora, nós dois estamos lutando por espaço na frente da bancada, escovando com mais força do que nossos dentes provavelmente já foram escovados. Nós nos alternamos em cuspir com raiva na pia, nos acotovelando toda vez.

Quando termino, lavo minha escova e a coloco de volta no suporte. Ela faz a mesma coisa. Fecho as mãos em concha sob a torneira e me inclino para a frente para tomar um gole, e ela me empurra para o lado, me fazendo espirrar água pela bancada toda. Espero até ela colocar as mãos embaixo da pia e empurro seus braços, observando a água molhar tudo.

Ela agarra a bancada e respira fundo, tentando se acalmar. Mas parece não dar muito resultado, porque em seguida enfia a mão embaixo da bica e joga água bem na minha cara.

Fecho os olhos e tento me colocar no lugar dela. Talvez ela tenha tido um dia difícil. Talvez ela odeie o emprego. Talvez ela odeie a vida.

Qualquer que seja o motivo para ela estar se comportando desse jeito, não muda o fato de que ela ainda não me agradeceu pela carona. Bridgette está me tratando como se eu tivesse destruído a vida dela, e a única coisa que fiz foi tentar ajudá-la.

Abro os olhos e nem olho para ela. Estico o braço, fecho a torneira, então pego a toalha de mão e começo a secar o rosto. Ela está prestando atenção em mim, esperando que eu me vingue. Dou um passo vagaroso na sua direção, usando da minha altura. Ela pressiona as costas contra a pia e não tira os olhos dos meus enquanto me inclino para a frente.

Estamos quase nos tocando. Sinto o calor irradiando dela quando seus lábios se abrem. Ela não está me afastando desta vez. Na verdade, parece que está quase me desafiando a continuar. A chegar ainda mais perto.

Apoio as mãos dos dois lados dela, cercando-a. Ela continua sem resistir, e sei que, se eu tentasse beijá-la agora, ela também não resistiria. Sob quaisquer outras circunstâncias, eu a *beijaria* agora. Minha língua estaria enterrada na sua boca, porque a *boca de Bridgette é maravilhosa pra caralho*. Não sei como tanto veneno pode sair de lábios tão macios.

— Bridgette — digo com toda calma do mundo.

Vejo ela engolir em seco, ainda me encarando.

— Warren — diz ela, sua voz revelando uma combinação de determinação e desespero.

Sorrio para ela a centímetros do seu rosto. O fato de ela estar permitindo que eu me aproxime tanto prova que minha teoria de hoje à tarde estava correta. Ela me quer. Ela quer que eu toque seu corpo, beije sua boca, a leve para a minha cama. Fico me perguntando se ela é tão marrenta entre quatro paredes quanto é fora.

Eu me inclino mais um pouco, e ela arfa, seu olhar alternando entre meus olhos e minha boca. Sugo o lábio inferior para dentro da boca, lentamente roçando os dentes por ele. Ela me observa, fascinada. Meu coração está na garganta, e minhas palmas transpiram, porque acho que não vou conseguir. Não tenho certeza se sou capaz de resistir a ela.

Chego ainda mais perto, passando o braço direito por trás dela até encontrar o frasco de antisséptico bucal sobre a bancada. No instante em que nossos lábios se encontrariam se eu fosse beijá-la, me afasto e dou um passo para trás, tirando a tampa do frasco. Mantenho os olhos nos dela e dou um gole antes de fechar novamente o frasco e colocá-lo sobre a bancada.

Dá para ver o desejo em seus olhos ser substituído pela raiva. Ela está irritada comigo, e irritada consigo mesma. Talvez até constrangida. Quando ela percebe que eu só queria provocá-la, os cantos de seus olhos se estreitam em um olhar intenso. Vou até a pia, cuspo o antisséptico bucal e seco a boca com a toalha de novo. Viro para meu quarto.

— Boa noite, Bridgette.

Fecho a porta, me apoio nela e fecho os olhos com força. A porta do quarto dela bate, e solto o ar devagar. Nunca estive com tanto tesão na vida. E nunca senti tanto orgulho de mim mesmo. Sair de perto daquela boca e daqueles olhos famintos foi a coisa mais difícil que já fiz, e também a mais importante. Tenho que manter a vantagem, porque aquela garota tem poder demais sobre mim sem nem se dar conta disso.

Desligo a luz do quarto e vou para a cama, tentando tirar o que quase acabou de acontecer da cabeça. Após vários minutos, desisto de lutar contra isso. Resolvo usar os pensamentos sobre ela em benefício próprio enquanto deslizo a mão para dentro da cueca samba-canção, pensando naquele short laranja. Naquela boca. No jeito como ela arfou quando me inclinei em sua direção.

Fecho os olhos e penso no que poderia ter acontecido se eu não fosse tão teimoso. Se eu simplesmente a tivesse beijado. Também penso no fato de que ela está a poucos metros de distância, e espero que tão sexualmente frustrada quanto eu.

Por que ela precisa ser tão marrenta? Acho que acabei de descobrir que garotas marrentas são meu ponto fraco.

5.

Faz três dias desde o que rolou no banheiro. Notei que ela passou a trancar as portas agora, o que está ótimo por mim. Tenho certeza de que ela está irritada por ter se permitido um momento de fraqueza. Ela não parece do tipo que cede com aquela facilidade toda.

De toda forma, não sei se fiz a coisa certa. Metade de mim acha incrível eu ter conseguido me conter, mas a outra metade não acredita que fui idiota a ponto de deixar passar uma oportunidade como aquela. Eu podia ter ficado com ela, e, agora, é bem provável que não tenha mais chance. Mas é melhor assim, porque a última coisa de que preciso é pegar uma colega de quarto que ainda por cima pode ser irmã do meu melhor amigo. Só que é muito duro saber disso — e o trocadilho aqui foi proposital — quando a vejo entrar na sala do jeito como está agora. Hoje, o problema não é o uniforme, mas o que ela está vestindo não melhora em nada a situação. Ela está usando um top fino com um short de pijama quase invisível, e já passou entre mim e a televisão tantas vezes que perdi a conta.

Merda.

Agora, ela está vindo na minha direção com os livros da faculdade.

Merda.

Ela está sentando no sofá. Do meu lado. Usando aquele top. Sem sutiã.

Vai dar tudo certo. Obrigo meus olhos a permanecerem focados na televisão, ainda procurando qualquer que seja o filme pornô de que ela participou. Eu podia simplesmente perguntar, mas não seria uma boa ideia. Se ela souber que sei que ela participou de um filme pornô, é bem capaz de fazer de tudo para que eu jamais o encontre.

Ela se inclina para a frente, pega o controle remoto e o aponta para televisão para tirar o som. Não sei quem ela pensa que é, mas, se não quiser ouvir a televisão, pode muito bem ir para o quarto. Pego o controle e coloco o som de novo. Ela suspira, abre um dos seus livros da faculdade e começa a ler.

Finjo que estou prestando atenção na tela, mas não consigo parar de lançar olhares furtivos para ela, porque, *puta merda, não acredito que não a beijei.* Sou um idiota.

Ela pega o controle e coloca a televisão no mudo de novo, talvez porque uma das garotas estava berrando a plenos pulmões. Será que Bridgette geme muito na hora do sexo? Duvido. É mais provável que ela seja teimosa, se recusando a compartilhar qualquer som.

Volto a colocar o volume da televisão, e ela chega ao seu limite.

— Estou tentando estudar, Warren. Porra, dá no mesmo sem precisar colocar o som.

Lanço um olhar curioso para ela.

— Como você saberia de uma coisa dessas? Você é especialista em pornô?

Ela me encara com irritação e um brilho de desconfiança no olhar.

— Será que não dá pra você, por favor, deixar o seu vício de lado por uma noite pra eu conseguir estudar em paz?

Bridgette disse "por favor".

— Estuda no quarto — retruco.

A boca de Bridgette se pressiona em uma linha apertada. Ela empurra o livro do colo e se levanta. Bridgette vai até a televisão, estica a mão até a parede e puxa a tomada. Depois de voltar para o sofá, pega novamente o livro e retoma a leitura.

Não sei como consegui ignorar esse jeito difícil a ponto de me sentir atraído por ela. Ela é péssima. Mesmo sendo bonita, nunca vai encontrar ninguém capaz de aturar esse gênio.

— Às vezes você é uma escrota, sabia?

Ela solta um suspiro irritado.

— Pois é. E você é viciado em filmes pornô.

Solto uma risada baixa.

— Pelo menos eu nunca *fiz* um filme pornô.

Os olhos dela me encontram no mesmo instante.

— Eu sabia que você estava ouvindo.

Dou de ombros.

— Não consegui evitar. Você estava conversando feito uma pessoa normal. Foi fascinante.

Ela volta a atenção para as páginas do livro.

— Você é um babaca.

— Você é uma oportunista.

Ela fecha o livro com força e se vira para me encarar no sofá.

— Uma oportunista? É sério isso?

Puxo o joelho para cima e me viro para encará-la.

— Você não acha meio esquisito ter aparecido aqui do nada com um papinho sobre ser a irmã perdida da banda mais popular de Austin?

Ela parece querer me matar.

— Warren, acho melhor você parar de fazer acusações contra pessoas sobre quem não sabe absolutamente nada.

Abro um sorriso, porque sei que isso mexeu numa ferida. Talvez eu saia vitorioso de novo.

— Já sei o suficiente pra entender que você não merece minha confiança. — Pego o livro dela e o devolvo para seu colo antes de apontar para o quarto de Bridgette. — Agora, acho melhor você pegar seu dever de casa e voltar pro seu quarto emprestado.

— *Meu* quarto emprestado? Você nem paga aluguel, Warren.

— Nem você, Bridgette.

— Você não faz nada além de ficar assistindo a filmes pornô e olhando pra minha bunda. Você é um tarado preguiçoso.

— Você não faz nada além de ficar *exibindo* a sua bunda e pensando em me beijar.

— Você é nojento — diz ela. — Na verdade, acho mesmo melhor você *assistir* aos filmes pornô. Tenho certeza de que tem muito o que aprender.

Eita, mas que golpe baixo. Ela pode zombar da minha preguiça, da minha situação financeira, do meu novo vício em pornografia, mas não pode insultar minhas habilidades na cama. Ainda mais quando não sabe do que está falando.

— Eu não preciso aprender a satisfazer uma mulher, Bridgette. Nasci com um talento natural.

Ela está me encarando como se estivesse prestes a me bater, mas não consigo parar de olhar para sua boca, torcendo para Bridgette me ofender de novo. Em algum momento entre ser chamado de babaca e este instante, comecei a sentir mais tesão do que nunca. Estou torcendo para que ela esteja prestes a voltar para o quarto, porque cheguei ao limite do meu controle quando se trata dela.

Ela lambe o lábio inferior, e preciso me segurar no sofá para não atacar aquela boca. Seus olhos estão intensamente focados nos meus, e nós dois estamos tão ofegantes pela troca de ofensas que consigo sentir seu hálito nos meus lábios.

— Eu te odeio — diz ela entre dentes.

— Eu te odiei primeiro — sibilo de volta.

Bridgette passa a encarar a minha boca, e, assim que vejo o menor sinal de desejo em seu olhar, avanço. Seguro seu rosto e levo os lábios contra os dela, pressionando-a contra o sofá. Ela me empurra com os joelhos enquanto me puxa com as mãos. Minha língua invade a barreira de seus lábios, e, em resposta, ela me devora. Eu a beijo com força, e ela me beija com mais força ainda. Estou puxando seu cabelo enquanto ela arranha meu pescoço. *Porra*, machucou. *Ela* machuca.

Quero mais.

Estou em cima dela, depois me pressionando nela, puxando seu joelho para envolver minha cintura. Suas mãos estão no meu cabelo, e não quero que ela jamais se mude. Quero que ela fique. Quero que ela divida o apartamento comigo para sempre. Porra, ela é a melhor colega de quarto que já tive, e, meu Deus, ela é tão *boa*. Como achei que ela era marrenta? Ela é tão, tão doce, e seus lábios são doces, e, *Bridgette, eu adoro seu nome.*

— Bridgette — sussurro, querendo falar seu nome em voz alta.

Não sei como eu odiava o nome dela antes deste momento, porque é o nome mais lindo que já falei.

Eu me afasto da boca de Bridgette e começo a descer por seu pescoço tão, tão maravilhoso. Assim que chego ao seu ombro, ela começa a me empurrar com as mãos.

E isso basta para me fazer voltar à realidade e me afastar dela.

Vou para o outro lado do sofá, precisando de espaço para entender *que diabos acabou de acontecer.*

Ela senta, esfregando a boca. Passo as mãos pelo meu cabelo, fazendo o possível para assimilar a situação.

Ela é uma megera sedutora. Fecho os olhos e coloco a mão na testa, tentando entender como pude perder totalmente o controle com apenas um beijo. Penso em todas as mentiras que passaram pela minha cabeça enquanto meu pau tentava me convencer de que ela era uma pessoa decente.

Sou um fraco. Sou muito fraco, e ela acabou de ganhar vantagem de novo.

— Não faça mais isso — diz ela, irritada e ofegante.

Sua voz faz com que eu me retraía.

— Foi você que começou — respondo, na defensiva.

Foi mesmo? Não lembro. Talvez tenha sido mútuo.

— Você beija como se estivesse tentando ressuscitar um gato morto — diz ela, enojada.

— Você beija como se *fosse* um gato morto.

Ela puxa os joelhos contra o peito e os abraça. O silêncio parece deixá-la extremamente desconfortável, então não me surpreende quando ela lança outro insulto.

— Aposto que você transa feito um macarrão mole.

— Eu transo feito o Thor.

Não estou olhando para ela, mas sei que esse comentário deve ter arrancado pelo menos um sorriso. Se é que ela é capaz de sorrir. O silêncio se torna mais pesado, e nós dois permanecemos imóveis, deixando ainda mais claro que o que acabou de acontecer foi um erro.

— Por que você está com gosto de cebola? — pergunta ela.

Dou de ombros.

— Acabei de comer pizza.

Ela olha para a cozinha.

— Sobrou?

Concordo com a cabeça.

— Deixei na geladeira.

Ela imediatamente se levanta para ir até a cozinha, e me odeio por encarar sua blusa. Dá para ver os mamilos dela marcando o tecido fino, e quero apontar para ela e dizer *"Eu fiz isso! Isso aí foi por minha causa!"*.

Em vez disso, fecho os olhos e tento pensar em qualquer coisa que me impeça de segui-la até a cozinha e ficar atrás dela perto da bancada. Por sorte, a porta do quarto de Ridge se abre, então volto a atenção para ele. Ridge para ao me ver sentado no sofá. Ele olha para a televisão desligada.

— Por que você está com essa cara de quem fez merda?

Balanço a cabeça, envergonhado.

— Acho que acabei de pegar a Bridgette — sinalizo.

Ridge olha para Bridgette, que está de costas para nós na cozinha. Ele balança a cabeça, decepcionado. Ou confuso.

— Por quê? — pergunta ele, perplexo. — Ela fez isso por vontade própria?

Pego uma das almofadas do sofá e jogo nele.

— Sim, foi por vontade própria, babaca. Ela me quer.

— Você quer ela?

Ele parece genuinamente surpreso, como se essa possibilidade nem tivesse passado pela cabeça dele.

Balanço a cabeça.

— Não, não quero — sinalizo. — Mas sinto como se eu precisasse dela. Muito. Ela é tão... — Faço uma pausa com as mãos por alguns segundos antes de continuar: — Ela é a melhor e a pior coisa que já aconteceu comigo.

Ridge anda para trás até sua mão tocar a porta da frente.

— Vou dormir na Maggie hoje — sinaliza ele. — Vamos rezar por vocês.

Mostro o dedo do meio enquanto ele sai. Quando volto a encarar Bridgette, ela está indo na direção do próprio quarto. Ela passa próximo à televisão e não tem nem a decência de colocar a tomada de volta no lugar.

Eu levanto e faço isso, porque tenho certeza agora. *Preciso* encontrar o filme, porque, depois desse beijo, estou viciado. Viciado em tudo que envolva Bridgette.

Mal preguei o olho ontem à noite. Estar no mesmo apartamento que Bridgette, sabendo que Ridge e Brennan estavam fora, foi demais para mim. Precisei reunir todas as minhas forças para não inventar uma desculpa e ir bater à porta dela. Mas estou aprendendo como a mente dela funciona, e sei que Bridgette me rejeitaria na mesma hora só para criar vantagem.

E, agora, Ridge e Brennan continuam fora, ela está no trabalho, e já conferi todas as possibilidades de filmes pornô no pay-per-view. Nem sei a quantos filmes assisti nas últimas duas semanas. É ridículo. Quantos mais podem existir? E limitei minha busca aos que foram gravados nos últimos anos, porque ela precisaria ter mais de dezoito anos nas gravações. Ela está com vinte e dois agora, então são quatro anos de filmes pornô para analisar.

Ai, meu Deus. Estou obcecado.

Estou parecendo um stalker.

Eu *sou* um stalker.

A porta da frente se abre, e Bridgette entra. Ela a bate com tanta força que tenho um sobressalto. Ela vai para a cozinha e começa a abrir armários, fechando-os com força. Finalmente, apoia as mãos sobre a bancada do bar e me encara.

— Onde diabos vocês guardam as bebidas?

Parece que foi um dia complicado.

Eu me levanto e vou até a pia. Abro o armário embaixo e tiro um frasco de Pinho Sol. Nem me dou ao trabalho de pegar um copo. Ela parece fazer o tipo que bebe do gargalo.

— Você quer me matar? — pergunta ela, encarando a garrafa em minhas mãos.

Enfio a garrafa nas mãos dela.

— Ridge se acha muito esperto escondendo as bebidas em garrafas de produtos de limpeza. Ele não curte quando eu bebo o álcool dele.

Ela leva a garrafa ao nariz e faz uma careta.

— Vocês só têm uísque?

Concordo com a cabeça. Ela dá de ombros e leva a garrafa aos lábios, jogando a cabeça para trás e tomando um longo gole.

Ela devolve a garrafa para mim enquanto seca a boca com as costas da mão. Tomo um gole da garrafa e a devolvo. Fazemos isso várias vezes até sua raiva parecer diminuir, tanto quanto a raiva é capaz de diminuir no mundo de Bridgette. Tampo a garrafa e a guardo no armário.

— Dia ruim? — pergunto.

Ela se apoia na bancada e puxa o elástico do short laranja.

— Péssimo.

— Você quer conversar sobre isso?

Ela me fita e então revira os olhos.

— Não — responde ela, seca.

Não insisto. Nem sei se quero mesmo saber sobre o dia dela. Tudo e qualquer coisa parece ser um gatilho para Bridgette, então é bem provável que o problema seja uma bobagem, tipo um sinal vermelho no caminho de volta para casa. Deve ser exaustivo reagir a todos os aspectos da vida com tanta raiva.

— Por que você vive tão irritada?

Ela solta uma risada baixa.

— Essa é fácil — diz ela. — Clientes babacas e imbecis, emprego de merda, pais inúteis, amigos péssimos, clima terrível, colegas de quarto irritantes que beijam mal.

Eu rio com o último comentário, que deveria ser uma ofensa, mas só me deu a impressão de que ela está discretamente tentando dar em cima de mim.

— Por que você vive feliz? — pergunta ela. — Você vê graça em tudo.

— Essa é fácil — repito. — Pais incríveis, sortudo por ter um emprego, amigos leais, dias de sol, colegas de quarto que estrelaram um filme pornô.

Ela afasta rapidamente o olhar em uma tentativa de esconder o sorriso que quase surgiu no seu rosto. Meu Deus, como eu queria que ela abrisse esse sorriso, porque estou louco para vê-lo. Desde que ela se mudou para cá, acho que nunca a vi sorrir.

— É por isso que você assiste a tanta pornografia? Porque está tentando encontrar o filme de que eu participei?

Não confirmo nem nego. Apenas apoio o quadril na bancada e cruzo os braços.

— Me fala o nome.

— Não — responde ela de pronto. — E eu fui só figurante. Nem fiz muita coisa.

Figurante. Isso ajuda a limitar um pouco a busca.

— Não fazer *muita coisa* não significa não fazer *nada*. — Ela revira os olhos, mas continua parada, então insisto: — Você ficou pelada?

— Era um filme pornô, Warren. Eu não estava usando um casaco.

Isso significa que sim.

— Você transou com alguém na frente das câmeras?

Ela balança a cabeça.

— Não.

— Mas deu uns pegas num cara?

Ela balança a cabeça de novo.

— Não foi num cara.

Puta que pariu.

Eu me viro e aperto o bar com uma das mãos enquanto faço o sinal da cruz com a outra. Quando me viro de novo, ela continua no mesmo lugar, mas parece relaxada. Acho que beber uísque todo dia lhe faria bem.

— Então você está me dizendo que deu uns pegas em outra garota? E que isso está gravado em algum lugar? Num filme?

O canto de sua boca se curva em um levíssimo sorriso.

— Você sorriu.

Ela para no mesmo instante.

— Não sorri.

Dou um passo em sua direção e assinto.

— Sorriu, sim. Eu te fiz sorrir.

Ela começa a balançar a cabeça, discordando, mas então seguro sua nuca. Seus olhos se arregalam, e tenho quase certeza de que ela está prestes a me empurrar, mas não consigo me controlar. *Aquele sorriso.*

— Você *sorriu*, Bridgette — sussurro. — E precisa admitir isso, porque foi lindo pra caralho.

Ela arfa em choque um segundo antes dos meus lábios encontrarem os seus. Acho que ela não esperava pelo beijo, mas com certeza não está reclamando. Sua boca é quente e receptiva, e, quando abro seus lábios com a língua, ela deixa.

Não sei se é o uísque ou ela, mas meu coração está se debatendo no peito como uma fera enjaulada. Deslizo as mãos pelas costas de Bridgette até encontrar sua bunda, e a aperto enquanto a levanto e a coloco sobre o bar.

Nossos lábios se separam, e nos encaramos em silêncio, sem acreditar que, desta vez, nenhum de nós vai se afastar. Quando percebo que não vamos parar, levo as mãos às bochechas dela e me inclino de novo, tomando seus lábios com os meus.

Este beijo é diferente do que foi na outra noite. O primeiro foi rápido e frenético, porque sabíamos que não passaria disso.

Este é lento e intenso, dando a sensação de que é o começo do que estamos prestes a vivenciar hoje à noite. Desta vez, quando me afasto de sua boca para provar seu pescoço, ela não me empurra. Ela me puxa, querendo que eu a beije com mais força.

— Warren — sussurra ela, inclinando o pescoço para o lado, me dando livre acesso à sua pele. — Se a gente transar, você precisa prometer que não vai ficar carente depois.

Solto uma risada, mas não me afasto do seu pescoço.

— Se a gente transar, Bridgette, é *você* quem vai correr o risco de ficar carente. Você vai me querer tanto que não vou conseguir te diferenciar de um carrapato.

Ela ri, e me afasto. Olho para sua boca, depois para seus olhos.

— *Meu Deus.*

Ela balança a cabeça, confusa.

— O quê?

— A sua risada. — Beijo sua boca. — Incrível pra caralho — sussurro contra seus lábios. Eu a levanto da bancada e a mantenho enroscada em mim enquanto atravesso a sala. Assim que entramos no meu quarto, fecho a porta e a apoio contra a parede. Eu a mantenho pressionada com meu corpo enquanto tiro a camisa. Encontro a ponta da camisa dela e começo a puxá-la por cima de sua cabeça. — Perdi a conta de quantas vezes sonhei com isso, Bridgette.

Ela me ajuda a puxar a camisa.

— Eu não sonhei nenhuma vez — diz ela.

Eu sorrio.

— Mentirosa.

Eu a levanto de novo e a carrego para a cama. Assim que a deixo e começo a engatinhar sobre seu corpo, ela empurra meus ombros e me deita de costas. Suas mãos encontram o botão do meu jeans, e ela o abre. Tento recuperar o controle e empurrá-la para que fique de costas, mas ela não deixa. Ela monta em mim e segura meus bíceps, pressionando meus braços contra a cama.

— Eu que mando — diz ela.

Não discuto. Se ela quer ficar no controle, não sou quem vai criar caso.

Ela se endireita e leva as mãos para trás, tentando abrir o sutiã. Eu me ergo e começo a me esticar para ajudá-la, mas suas mãos voltam para meus braços na mesma hora. Ela me empurra de novo para o colchão.

— O que eu acabei de falar, Warren?

Puta que pariu. É sério mesmo.

Concordo com a cabeça e me concentro no sutiã enquanto ela volta a esticar as costas e o abre. Ela desce as alças lentamente pelos braços, e não consigo desviar o olhar. Quero tocá-la, ajudá-la, tirar seu sutiã, mas ela não permite que eu faça nada.

Minha respiração fica presa no peito quando ela joga o sutiã para longe.

Meu Deus, ela é perfeita. Seios do tamanho perfeito, que parecem se encaixar direitinho na palma das minhas mãos. Mas não tenho como saber se isso é verdade, porque não posso tocá-los.

Ou posso?

Devagar, levanto as mãos para sentir a maciez de sua pele, mas ela imediatamente empurra meus braços para longe, de volta para a cama.

Meu Deus, que tortura. Os seios dela estão *bem ali*, a centímetros de mim, e não posso tocá-los.

— Onde você guarda as camisinhas?

Aponto para a mesa de cabeceira do lado oposto da cama. Bridgette sai de cima de mim, e observo com atenção enquanto vai até a mesa de cabeceira. Ela abre a gaveta e remexe lá dentro até encontrar uma, prendendo entre os dentes enquanto volta para o pé da cama. Ela não volta a montar em mim. Em vez disso, prende os dedões no elástico do short e começa a rebolar para tirá-lo.

Nunca estive tão duro na vida, e consigo sentir meu corpo inteiro latejando. Ela precisa acelerar o ritmo e voltar para cima de mim.

Bridgette permanece de calcinha enquanto se inclina e começa a puxar meu jeans até removê-lo. Ela segura minha cueca e também a puxa para baixo, a camisinha ainda presa entre os dentes. Seu cabelo é do tamanho perfeito, roçando minha pele como penas toda vez que ela se inclina sobre mim.

Quando fico nu, os olhos dela encaram a minha parte mais rígida. Um sorriso repuxa seus lábios, e os olhos dela encontram os meus. Ela tira a camisinha da boca.

— Impressionante — diz ela. — Agora dá pra entender por que você é tão convencido.

Aceito a ofensa como um elogio, porque já sei que Bridgette não costuma fazê-los com frequência.

Ela volta a montar em mim, ainda de calcinha. Ela se inclina para a frente e pressiona as palmas contra meus antebraços. Sua boca encontra a minha, e seus seios pressionam meu peito, me fazendo gemer. A sensação dela sobre mim é incrível. Maravilhosa. Isso já me deixa preocupado, porque ainda nem transamos, mas já sei que estou na merda.

Sinto sua calcinha molhada enquanto ela me tortura indo para cima e para baixo, para cima e para baixo, tão devagar quanto é possível. Sua língua está na minha boca, e fico tentando segurar sua nuca, ou agarrá-la pela cintura, mas ela me impede todas as vezes.

Eu tinha imaginado que ela seria mandona na cama, mas isso superou as expectativas. Ela nem me deixa tocá-la, e isso está acabando comigo.

— Abre a boca — sussurra ela ao meu ouvido.

Faço isso, e ela coloca a embalagem da camisinha entre meus dentes. Eu mordo, e ela usa os próprios dentes na outra extremidade, puxando-a para longe de mim e rasgando a embalagem entre nossas bocas no processo.

Tudo bem, isso foi um tesão.

Que tesão.

A gente devia pedir demissão dos nossos trabalhos e só fazer isso da vida.

Ela pega a camisinha e se endireita. Ela me fita do alto e lambe os lábios enquanto desce a camisinha sobre mim, e solto um gemido, porque as mãos dela são... *caralho. Elas são demais. Eu as quero por toda parte.*

Entendo como alguns caras falam besteiras no calor do momento, porque há tanta coisa que quero dizer para ela agora. Quero dizer que a amo, que somos almas gêmeas, que ela devia se casar comigo, porque suas mãos me fazem ter pensamentos muito, muito idiotas e mentirosos como esses.

Ela se ajoelha e empurra a calcinha para o lado, sem tirá--la, enquanto começa a descer sobre mim.

É oficial. Ela é a melhor colega de quarto que eu já tive na vida.

Ela se contrai um pouco quando começo a penetrar, e fico meio mal por machucá-la. Mas não o suficiente para me impedir de erguer o quadril e terminar de preenchê-la.

Assim que nos encaixamos por completo, gememos.

Nunca senti nada parecido.

É como se o corpo dela se contornasse perfeitamente sobre o meu, se encaixando em todas as linhas, curvas e declives. Nenhum dos dois se move enquanto preenchemos o quarto com nossa respiração ofegante, nos dando um momento para nos ajustarmos à perfeição que acabamos de criar.

— Porra — sussurro.

— Tá bom — responde ela.

Ela começa a se mover, e não sei o que fazer comigo mesmo. Minhas mãos querem segurar sua cintura enquanto ela desliza para cima e para baixo, mas também sei que não tenho permissão para tocá-la. Meus olhos a analisam enquanto ela continua se movendo, seus movimentos perfeitos, metódicos, doces.

Após vários minutos vendo ela se mover sobre mim com os olhos fechados e os lábios entreabertos, desisto. É impossível não tocá-la. Minhas mãos agarram sua cintura, e ela tenta me afastar; apenas a aperto com mais força, erguendo-a quando ela se levanta e puxando-a para baixo quando ela desce. Ela desiste de lutar contra mim depois de ver que minha força deixa tudo melhor.

Quero ouvi-la gemer e quero ouvi-la gozar enquanto está acima de mim, mas ela está se segurando, como eu sabia que faria.

Deslizo as mãos por suas costas e a puxo para a frente até nossas bocas se encontrarem. Mantenho uma das mãos na sua nuca e outra na sua cintura enquanto ela sustenta o ritmo.

Curvo a mão sobre seu quadril e lentamente a deslizo por sua barriga até tocá-la. Levo um dedo entre nós, separando-a, sentindo-a quente e molhada ao meu redor. Ela geme na minha boca, e começo a esfregá-la, mas ela imediatamente para de se mexer. Ela agarra meu pulso e o afasta, voltando a colocar meu braço com força contra o colchão.

Seus olhos abrem e encaram os meus enquanto ela volta lentamente a se mover.

— Não tira os braços do colchão, Warren — alerta ela.

Droga, ela está dificultando as coisas. Preciso tocá-la de novo, e, depois que eu a tocar o suficiente, quero prová-la. Eu a quero toda molhada e quente na minha língua.

Mas, primeiro, vou fazer as coisas do seu jeito. Fecho os olhos e paro de tentar assumir o controle. Eu me concentro em como ela é apertada, me devorando. Eu me concentro no fato de que toda vez que seu corpo encontra o meu, chego o mais fundo possível dentro dela.

Ela se inclina, e seus seios balançam para a frente e para trás sobre meu peito enquanto ela se move em cima de mim.

O paraíso *com certeza* existe.

Minhas pernas começam a ficar tensas, e minhas mãos buscam por algo para segurar enquanto sinto que estou me aproximando do clímax. Ela percebe que estou quase gozando, então se aperta ao meu redor e começa a se impulsionar mais rápido, mais forte. Continuo com os olhos fechados enquanto meu corpo treme sob o dela.

Quero xingar e gemer, quero que ela saiba o quanto é gostoso gozar dentro dela, mas não faço nenhum barulho. Se não posso tocá-la enquanto tenho um orgasmo, então ela não vai escutar como estou adorando pra caralho cada segundo.

Ela continua se movendo sobre mim enquanto silenciosamente me entrego às sensações. Quando termino, ela para. Abro os olhos e a vejo sorrindo para mim. Assim que ela percebe que estou olhando, o sorriso desaparece.

Quero que ela desabe sobre meu peito. Quero colocá-la embaixo de mim e tomá-la na minha boca até ela berrar meu nome em êxtase em vez de raiva.

Em vez disso, ela sai lentamente de cima de mim. Ela se levanta e se vira para o banheiro.

— Boa noite, Warren.

A porta fecha às suas costas, e fico deitado ali, completamente confuso. Eu até correria atrás dela se ainda não estivesse fraco demais para me mexer.

Levo um instante para me recompor, então tiro a camisinha e a jogo no lixo do banheiro enquanto sigo para o quarto dela. Quando escancaro a porta, ela está se aconchegando na cama. Assim que sua cabeça bate no travesseiro, já estou em cima dela, beijando-a. Como o esperado, ela me empurra para longe.

— O que eu avisei sobre ser carente? — diz ela, afastando o rosto do meu.

— Não estou sendo carente — respondo, beijando seu pescoço. — Ainda não terminamos.

Ela se afasta ainda mais e empurra minha cabeça para trás.

— Tenho bastante certeza de que terminamos, Warren. Há uns três minutos.

— *Eu* terminei — digo, encarando-a. — Mas você, não.

Ela tenta girar para longe, resistindo.

— Warren, para — diz ela, me empurrando.

Não me afasto. Em vez disso, passo um braço ao redor dela e desço devagar a mão por sua barriga.

É aí que ela me dá um tapa na cara.

Imediatamente me afasto e a encaro, chocado.

Ela me empurra e se encolhe na cama até suas costas encostarem na cabeceira.

— Eu mandei você parar — diz ela, defendendo o tapa.

Cerro a mandíbula, sem saber o que fazer. Em todos os meus anos de experiência com garotas e até em todos os filmes pornôs a que assisti recentemente, não é assim que sexo costuma funcionar. As pessoas são egoístas por natureza, e o fato de ela nem querer que eu a ajude a gozar é confuso pra cacete.

— Eu... — Faço uma pausa e olho para ela. — Eu interpretei alguma coisa do jeito errado? Porque achei...

— A gente transou, Warren. Já acabamos, e você pode ir dormir.

Balanço a cabeça.

— Não, Bridgette. *Você* transou. *Você* fez todo o trabalho e nem aproveitou. Não entendo por que não posso tocar em você.

Bridgette geme, frustrada.

— Warren, está tudo bem. Foi divertido. — Ela afasta o olhar. — Só não gosto da outra parte, então você pode ir dormir.

Ela não gosta da outra parte? Da parte em que tem um orgasmo incrível, de gritar?

— Tá bom — digo. — Vou dormir.

— Obrigada — murmura ela.

— Mas, primeiro — digo, levantando um dedo —, preciso saber de uma coisa.

Ela revira os olhos.

— Do quê?

Eu me inclino para a frente e a observo, fascinado.

— Sexo *sempre* é assim pra você? Você precisa ter o controle absoluto, ao ponto em que não deixa nem a outra pessoa te fazer gozar?

Ela me chuta, tentando me obrigar a sair da sua cama.

— Não vou falar sobre a minha vida sexual com você, Warren. Vai pro seu quarto.

Bridgette se arrasta para baixo até a cabeça encontrar o travesseiro. Ela vira e fica de costas para mim, e então se cobre até a cabeça.

Puta que pariu. Isso... Nem sei o que pensar. Nunca conheci alguém assim. Ela é controladora em um nível absurdo.

— Bridgette — sussurro, precisando que ela se vire e volte a falar comigo. Ela me ignora, mas não posso ir embora, porque precisamos ter esta conversa. — Você está me dizendo que nunca gozou durante o sexo?

A coberta sai voando, e ela se vira de costas.

— Isso nunca foi um problema para ninguém antes — responde ela, com raiva.

Dou uma risada e balanço a cabeça; por algum motivo, isso me deixa extremamente feliz. Porque, pelo visto, ela se relacionou com babacas muito egoístas no passado, e estou prestes a mostrar o que ela está perdendo.

Ela volta a cobrir a cabeça e a se virar para o outro lado. Em vez de levantar e voltar para o meu quarto como sei que ela quer que eu faça, levanto a coberta e deito ao seu lado. Passo um braço ao seu redor, pressionando minha palma contra sua barriga, puxando-a contra meu peito.

Ela praticamente rosna para mim.

— Acredite ou não, estou completamente satisfeita com a minha vida sexual, e não preciso que você faça... *Ai, meu Deus.* — Ela perde o fio da meada quando coloco a mão entre as suas pernas.

Apoio a bochecha na dela.

— Preciso que você fique quieta, Bridgette.

Ela não se mexe, então a viro de bruços e deito em cima dela. Prendo seus braços com as mãos, do mesmo jeito que ela fez comigo.

— Por favor, não me expulsa — sussurro ao seu ouvido. — Quero ficar no controle, e quero que você me obedeça.

— Dou uma lambida na orelha dela e vejo sua nuca se arrepiar. — Entendeu?

Sua respiração está ofegante, e ela fecha os olhos, concordando com a cabeça.

— Obrigado — digo.

Beijo seu pescoço e seu ombro, descendo lentamente pelas costas. Seu corpo inteiro está tenso, e, só de saber que ela nunca gozou com nenhum outro cara, já fico duro de novo.

Estico a mão entre suas coxas e abro suas pernas. Ela enterra o rosto no travesseiro, e isso me faz sorrir. Ela nunca esteve tão vulnerável com ninguém e não quer me dar o prazer de ver o quanto está gostando.

Meus olhos permanecem focados nela mesmo enquanto a penetro lentamente com dois dedos, esperando ela gemer no travesseiro.

Ela não faz nenhum som, então tiro os dedos e volto a penetrá-la com três.

Pressiono a testa no travesseiro, bem ao lado do rosto dela, e espero os sons escapulirem.

Nada. Rio baixinho, porque realmente vou ter trabalho.

Afasto a mão e a viro de frente. Seus olhos ainda estão fechados, então seguro seu queixo e pressiono meus lábios contra os seus. Eu lhe dou um beijo intenso, até ela começar a me beijar de volta com a mesma raiva. Ela puxa meu cabelo e abre as pernas para mim, querendo que eu me enterre nela.

Faço isso. Afasto sua calcinha e a penetro tão rápido, com tanta força, que ela solta um gemido, e, *meu Deus, preciso de mais disso. De muito mais.* Mas não trouxe uma camisinha, e esta vez não é para mim, então saio de dentro dela. Seguro um dos seus seios e o levo até minha boca.

Vou beijando devagar a barriga de Bridgette, e, quanto mais eu desço, mais o corpo dela fica tenso. Consigo sentir sua hesitação, e parte de mim quer devorá-la imediatamente, mas outra parte precisa saber se estou indo longe demais, rápido demais. Dá para perceber pela rigidez da sua postura que ela está nervosa. Seguro sua cintura com as duas mãos e olho para cima. Bridgette está mordendo o lábio inferior com um ar nervoso, e seus olhos estão apavorados.

— Alguém já fez isto com você antes? — sussurro.

Ela solta o lábio inferior e balança a cabeça.

Puxo seu quadril um pouco para baixo.

— Ser teimosa demais não te traz muitos benefícios.

Eu a levanto e começo a baixar a boca, mas ela se afasta e senta.

Agarro seu quadril e a puxo para baixo de novo.

— Deita e fecha os olhos, Bridgette.

Ela continua me encarando, assustada, não querendo deitar, então me levanto apoiado na palma das mãos.

— Você pode parar de ser teimosa e relaxar? *Porra*, mulher. Quero te dar os melhores dez minutos da sua vida, mas você está dificultando muito o processo.

Ela morde o lábio, hesitante, mas me obedece e se deita na cama, relaxando em seu travesseiro.

Abro um sorriso triunfante e pressiono os lábios contra sua barriga de novo. Começo embaixo do seu umbigo e a beijo lentamente até chegar à sua calcinha. Passo os dedos pelo elástico e a puxo para baixo, por seu quadril, por suas coxas, e continuo tirando-a devagar até chegar aos seus tornozelos. Quando a jogo no chão, levanto uma perna dela e dou um beijo leve em seu tornozelo, então em sua panturrilha, então na parte de dentro do seu joelho, repetindo os beijos até chegar à coxa, até estar a centímetros de deslizar minha língua contra ela. Assim que posiciono minha boca, consigo sentir o calor dela me chamando.

— Warren, por favor... — ela começa a protestar.

Assim que as palavras *por favor* saem da sua boca, minha língua desliza contra ela, separando-a. Ela ergue o quadril vários centímetros sobre a cama e geme, então agarro sua cintura e a puxo para baixo.

Ela é doce e salgada, e, no instante em que minha boca a encontra, fico convencido de que ela seria capaz de saciar toda a fome que eu sentir pelo restante da vida.

Ela geme de novo, ainda tentando se afastar de mim.

— O que... meu Deus... Warren...

Continuo a lambê-la, a devorá-la, passando a língua por todas as partes expostas, para não deixar de provar nenhum centímetro. Suas mãos encontram o caminho de volta para o meu cabelo assim que meus dedos encontram o caminho de volta para o interior dela. Eu a preencho, dominando-a com a língua, e ela aceita tudo que consegue ter. Bridgette parou de tentar se afastar. Agora, pressiona meu rosto contra seu corpo, implorando para que eu vá mais rápido.

Suas mãos deixam meu cabelo e encontram a cabeceira, apertando-a com força ao mesmo tempo que entrelaça as pernas ao redor dos meus ombros. Mantenho os dedos enterrados no seu interior enquanto ela grita meu nome a cada tremor que passa pelo seu corpo. Continuo satisfazendo-a até seus ombros relaxarem e seus gemidos se transformarem em silêncio.

Beijo o interior da sua coxa enquanto retiro os dedos. Vou beijando sua barriga até voltar a me pressionar contra ela, querendo deslizar para dentro e permanecer lá a noite inteira.

Quero beijá-la, mas não sei se ela gostaria disso. Algumas garotas preferem não ser beijadas depois, mas minha boca está morrendo de vontade de sentir os lábios dela.

Pelo visto, ela quer a mesma coisa, porque nem hesita ao puxar meu rosto e me beijar com um gemido. Cada centímetro do meu corpo parece tenso, porque a quero de novo. A única coisa capaz de aliviar a pressão é me enterrar dentro dela, e é exatamente isso que faço.

Ela ergue o quadril e encontra o meu corpo, e sei que eu deveria parar. Preciso parar.

Não sei por que não consigo parar.

Nunca estive dentro de uma garota sem camisinha antes, mas ela me tira a capacidade de raciocinar. Ela acaba com toda a minha lógica, e não consigo pensar em nada além de como é gostoso estar dentro dela.

E também no quanto preciso parar.

Para, Warren. Para.

De algum jeito, consigo sair dela e pressionar meu rosto contra seu peito, ofegante.

Dói. Cacete, como dói. Meu quarto fica logo ao lado, onde há uma gaveta cheia de camisinhas, mas acho que eu não conseguiria chegar lá se tentasse me levantar.

Ela puxa meu rosto de volta para o seu e pressiona os lábios contra os meus. Ela desliza as mãos pela minha lombar e me traz para perto, pressionando seu calor contra mim enquanto me incentiva a me mexer no seu ritmo.

A sensação é maravilhosa. Não é a mesma coisa que estar dentro dela, mas o jeito como ela se move contra mim chega bem perto disso. Fecho os olhos e enterro o rosto no pescoço dela enquanto acelero o ritmo entre nós.

Seguro seu cabelo e inclino seu rosto para o meu enquanto a fito de cima, observando enquanto nós dois nos aproximamos de outro orgasmo. A expressão de Bridgette muda, e sinto o primeiro arrepio percorrer seu corpo.

— Warren — sussurra ela. — Me beija.

Eu beijo.

Cubro sua boca com a minha e abafo seus gemidos com os meus enquanto sinto o calor do meu orgasmo se espalhar entre nós. Estou apertando-a com toda a força, beijando-a com toda a intensidade.

Meu peso inteiro cai sobre ela agora que me sinto fisicamente incapaz de me segurar por mais um segundo. Suas mãos deslizam do meu pescoço e caem na cama. Estou fraco demais para falar, ou diria como ela é incrível. Como ela é deliciosa. Como seu corpo é perfeito e como ela tem a vantagem sobre mim por toda a eternidade.

Mas não consigo falar. Meus olhos se fecham de pura exaustão.

Pura exaustão maravilhosa.

— Warren.

Tento abrir os olhos, mas não consigo. Ou não quero. Acho que nunca tive um sono tão pesado quanto estou tendo agora.

A mão dela está no meu ombro, me sacudindo. Levanto a cabeça e me viro na sua direção, curioso para saber se ela está pronta para outra rodada. Sorrio, os olhos sonolentos.

— Vai pro seu quarto — diz ela, me chutando. — Você está roncando.

Meus olhos se fecham de novo, mas abrem de repente quando seus pés gelados encontram minha barriga. Ela usa a força das pernas para tentar me empurrar para fora da cama.

— *Anda* — geme ela. — Não consigo dormir.

Não sei como, mas consigo me levantar. Olho para ela, que se vira de barriga para baixo, gira o travesseiro e se esparrama sobre o colchão.

Atravesso o quarto arrastando os pés, passo pelo banheiro e chego à minha cama. Desabo nela e fecho os olhos, levando o total de três segundos para voltar a pegar no sono.

6.

Tenho certeza de que nunca dormi tão bem quanto ontem à noite. E, apesar de ela ter me chutado para fora da cama, ainda me sinto vitorioso. Como um rei.

Depois de tomar banho e me vestir, me junto a Ridge na cozinha. Ele está limpando o que parece ter sido o café da manhã, o que é estranho, porque nenhum de nós nunca cozinha no café da manhã. Mas então entendo quando Maggie sai do quarto dele.

— Bom dia, Maggie — digo para ela com um sorriso.

Ela me observa com um olhar desconfiado.

— O que deu em você?

Nesse exato momento, a porta do quarto de Bridgette se abre. Todos nós a observamos entrar na sala. Ela para quando ergue o olhar e percebe que a estamos encarando.

— Bom dia, Bridgette — digo com um sorriso triunfante. — Dormiu bem?

Ela vê minha expressão e imediatamente revira os olhos.

— Vai se ferrar, Warren.

Ela entra na cozinha e começa a mexer na geladeira, procurando algo para comer. Fico observando, até Ridge me cutucar no ombro.

— Você transou com ela? — sinaliza ele.

Imediatamente balanço a cabeça, na defensiva.

— Não — sinalizo de volta. — Talvez. Não sei. Foi um acidente.

Maggie e Ridge soltam uma risada. Ele segura a mão de Maggie e a puxa para seu quarto.

— Vamos — sinaliza ele. — Não quero estar aqui quando a Bridgette entender o erro que cometeu.

Eu os observo batendo em retirada para o quarto de Ridge, e então me viro para encarar Bridgette. Ela está olhando para mim como se quisesse me matar.

— Você acabou de contar pra ele que a gente transou?

Mais uma vez, balanço a cabeça.

— Ele já sabia. Contei pra ele no outro dia.

Bridgette inclina a cabeça.

— A gente transou ontem à *noite*. Como você pode ter contado pra ele antes de acontecer?

Abro um sorriso.

— Eu estava otimista.

Ela deixa a cabeça cair para trás com um ar derrotado, encarando o teto.

— Eu sabia que isso seria uma péssima ideia.

— Foi uma *ótima* ideia — rebato.

Ela me encara com o máximo de seriedade que consegue reunir.

— Foi só uma vez, Warren.

Levanto dois dedos.

— Foram duas, na verdade.

Ela faz uma careta que mostra o quanto está irritada comigo.

— É sério, Warren. Não vai rolar de novo.

— Ainda bem — digo, me aproximando dela. — Porque foi horrível, né? Deu pra perceber como você não curtiu. — Continuo atravessando a cozinha até estar a menos de trinta centímetros de distância dela. — Você realmente detestou quando estava deitada, com a minha língua...

Ela coloca uma das mãos sobre a minha boca para me impedir de continuar. Seus olhos estreitados me encaram.

— Estou falando sério, Warren. Isso não muda nada. Nós não estamos juntos. Na verdade, eu provavelmente vou acabar trazendo caras aqui pra casa, e você não vai poder reclamar.

Ela tira a mão da minha boca, e discordo.

— Você não vai fazer isso.

Ela me fita com um brilho competitivo no olhar.

— Vou, sim. Foi por isso que te avisei pra não ficar carente.

Rá. Ela acha que estou sendo carente agora? Se ela continuar sorrindo e rindo como fez ontem à noite, vai descobrir que eu consigo ser bem mais carente do que isto.

— Se você não quiser mais nada comigo, é fácil resolver a situação — afirmo. — É só não sorrir pra mim. — Eu me inclino para a frente até meus lábios chegarem à sua orelha. — Se você não sorrir pra mim, não vou ficar louco pra fazer todas aquelas coisas com você. Porque o seu sorriso é incrível, Bridgette.

Eu me afasto devagar e a observo. Ela está tentando controlar o jeito como seu peito sobe e desce rápido, mas não está me enganando. Abro um sorriso, e os lábios dela se curvam de leve. Estico a mão e toco o canto da sua boca com um dedo.

— Você gosta de me provocar.

Ela se afasta de mim e empurra sem pressa o meu peito. Então pega sua bebida e volta **para o quarto** sem falar mais nada.

Pressiono a cabeça contra a porta do armário e solto um suspiro. O que eu fui fazer? Onde é que eu fui me meter?

Tanto eu quanto Bridgette temos o dia de folga hoje, e eu tinha certeza de que, depois da nossa conversa de manhã, e ainda mais depois de ontem à noite, ela estaria se jogando em cima de mim até o fim da tarde. No entanto, fui completamente ignorado. Ela passou a maior parte do dia no quarto e nem falou comigo. Agora, já passa das onze da noite. Preciso trabalhar amanhã de manhã, e sei que ela tem aula cedo, então minha esperança de termos uma terceira rodada está indo pelo ralo bem rápido.

Ela até trancou a porta quando foi tomar banho mais cedo.

Sento na beira da cama e penso na noite anterior, repassando cada momento na cabeça, me perguntando o que fiz de errado. Minha única conclusão é que não fiz nada. Fiz tudo certo, e isso a assustou, porque ela não está acostumada a caras que assumem o controle. Eu fiz com que ela se sentisse fraca.

Ela não gosta de se sentir fraca. Dá para perceber que ela tem problemas sérios com essa questão de poder, e mexi com sua cabeça. Eu provavelmente deveria estar me sentindo culpado, mas a verdade é que estou orgulhoso. Adoro ter mexido com ela. Adoro estar conseguindo entendê-la aos poucos. E a melhor parte é que tenho a sensação de que ela vai voltar para repetir a dose. Talvez não hoje, mas ela vai voltar, porque é humana. Todo ser humano tem um ponto fraco, e acho que acabei de descobrir o dela.

Eu.

Entro embaixo das cobertas e fecho os olhos, mas já sei que não vou conseguir pregar o olho. É como se ontem à noite tivesse despertado uma fome dentro de mim e que, se eu não a saciar toda noite antes de ir para a cama, não vou dormir nunca. Conto ovelhas, conto estrelas, repito mentalmente versículos da Bíblia que aprendi quando tinha cinco anos. Nada funciona, porque continuo do mesmo jeito uma hora depois, sem um pingo de sono.

Será que *ela* está acordada?

Será que ela abriria a porta se eu batesse?

Jogo as cobertas para o lado e começo a seguir na direção da porta, mas então dou meia-volta até a mesa de cabeceira para pegar uma camisinha. Só estou de samba-canção, então a prendo no elástico e abro a porta do meu quarto.

Peitos.

Os peitos dela.

Estão bem aqui.

A mão dela está levantada, pronta para bater na minha porta. Ela parece tão surpresa por eu ter aberto quanto eu estou por encontrá-la parada ali. Ela está usando um sutiã de renda preta e a menor calcinha que já vi na vida. Ela baixa o braço, e nos encaramos por uns bons cinco segundos antes de eu puxá-la para dentro, bater a porta e pressioná-la contra a madeira. Sua língua desliza para dentro da minha boca mais rápido do que enfio a mão sob seu sutiã.

— É assim que você dorme? — digo contra sua boca, puxando as alças do sutiã para baixo.

— É — responde ela, ofegante. Ela inclina a cabeça e empurra minha cabeça contra seu pescoço. — Mas durmo pelada de vez em quando.

Solto um gemido e me pressiono contra ela, pronto para me afundar no seu corpo.

— Gostei.

Eu a giro até seu peito estar pressionado contra a porta, de costas para mim. Passo um braço ao redor dela e agarro um dos seus seios enquanto deslizo a outra mão por sua bunda. Ela está usando um fio dental. Um fio dental minúsculo, pequenininho, preto, de renda, lindo. Eu a esfrego entre as pernas e então passo os dedos pela cobertura fina do tecido, puxando-o até seus joelhos. Fico olhando a calcinha cair até seus tornozelos e ela chutá-la para o lado.

Eu me posiciono diretamente atrás dela e acaricio suas costas, descendo até a cintura.

— Coloca as mãos na porta.

Ela demora para se mexer. Sua hesitação é palpável. Tenho certeza de que ela não quer abrir mão do controle de novo, mas ela precisa entender que o perdeu no instante em que apareceu na porta do meu quarto.

Fico observando enquanto ela pressiona devagar a palma das mãos contra a porta do quarto. Eu me inclino para a frente e afasto seu cabelo do pescoço, jogando-o por cima do seu ombro.

— Obrigado — sussurro contra sua nuca. Puxo seu quadril até ela estar pressionada contra mim, então tiro a samba-canção e abro a camisinha. — Se inclina um pouco mais para a frente — digo.

Ela faz isso. Bridgette aprende muito rápido.

Passo os dedos no seu cabelo e o enrolo na mão, então puxo só o suficiente para erguer o seu rosto. Ela choraminga quando faço isso, e esse som basta para eu me impulsionar contra seu corpo, indo o mais fundo possível até ela estar completamente preenchida.

— Geme assim de novo — sussurro.

Ela não obedece, então puxo seu cabelo. O barulho escapa de sua garganta, e é tão lindo e cheio de tesão. Eu me afasto e volto para dentro dela, e o mesmo som sai de seus lábios. *Não aguento.* Não sei se vou aguentar fazer isto de pé, porque esse gemido está me deixando zonzo.

Cubro uma das mãos dela com a minha e a aperto, me dando o apoio necessário para continuar entrando e saindo dela. Toda vez que ela geme, meto com um pouco mais de força. Ela começa a gemer sem parar, de vez em quando substituindo o som pelo meu nome, e *já sei que vou dormir feito uma pedra hoje.*

Quando sinto que estou chegando perto de gozar, saio dela e a reposiciono, deixando-a de costas para a porta. Levanto suas pernas e as enrosco ao redor da minha cintura, deslizando para dentro de novo com facilidade. Um braço envolve a cintura dela para segurá-la e o outro pressiona a porta para me dar apoio. Minha língua entra em embate com a dela, e engulo todos os sons que ela está disposta a me dar.

Suas mãos estão agarrando meu pescoço, então estico o braço e pego uma delas. Pressiono a palma contra o peito dela e a desço lentamente por sua barriga. Minha testa encontra a dela, e olho no fundo dos seus olhos.

— Se masturba.

Ela arregala os olhos e começa a balançar a cabeça. Coloco a mão sobre a dela e olho para o ponto em que nossos corpos se unem. Desço sua mão por alguns centímetros até seus dedos chegarem aonde eu quero.

— Por favor — arfo, desesperado.

Preciso da minha mão para me apoiar, então afasto a mão e volto a pressioná-la contra a porta, ao lado da cabeça de Bridgette. Ainda estou segurando sua cintura com meu outro braço, lentamente entrando e saindo dela. Nossas testas continuam pressionadas, mas meus olhos agora estão grudados na mão dela, que começa a fazer timidamente um movimento lento e circular com os dedos.

— Puta que pariu — digo, ofegante.

Eu a observo por mais um minuto, até ela começar a relaxar a mão, e então passo a olhar para o seu rosto. Eu me afasto e a encaro, vendo sua cabeça se apoiar na porta. Seus olhos estão fechados, e seus lábios, levemente abertos, e tudo que consigo sentir no meu coração é *beija ela, beija ela.*

Meus lábios encontram os seus com delicadeza, e ela solta um gemido baixo na minha boca. Provoco seus lábios com a ponta da língua, lambendo o superior, depois o inferior. Os gemidos dela se tornam cada vez mais frequentes, e, quanto mais a pressiono contra a porta, melhor consigo sentir sua mão se mexendo entre nós.

Não acredito que isto está acontecendo. Não acredito que ela dorme a menos de dois metros de mim e está disposta a compartilhar comigo essa parte de si mesma. Sou o cara mais sortudo do mundo.

Ela choraminga de novo, mas, desta vez, minha boca está contra a sua, e absorvo cada som que sai dela. Bridgette inclina a cabeça mais e mais contra a minha, querendo que eu a beije com força, mas estou aproveitando o momento. Adoro olhar para ela agora, com os olhos fechados, a boca aberta, o coração exposto. Não quero beijá-la. Quero continuar de olhos abertos e assistir a cada segundo disto.

Paro de me mexer e espero ela gozar, porque, se eu continuar, não vou aguentar por nem mais um segundo. Ela começa a abrir os olhos, se perguntando por que parei, então me inclino para sussurrar ao seu ouvido.

— Você está quase lá — sussurro. — Só quero assistir.

Ela relaxa de novo, e continuo olhando, absorvendo cada gemido e cada som e cada movimento que ela faz como se eu fosse uma esponja e ela minha água.

Assim que suas pernas começam a apertar minha cintura, agarro seu quadril com as duas mãos e volto a meter. O choramingo se transforma em gemidos, e os gemidos se transformam no meu nome, e levamos só dez segundos para começarmos a tremer e ofegar e beijar e apertar até, finalmente, suspirarmos.

O corpo dela amolece em meus braços, e ela apoia a cabeça no meu peito. Levo uma das mãos ao seu pescoço e lhe dou um beijo delicado no topo da cabeça.

Após passarmos um minuto inteiro recuperando o fôlego e a habilidade de nos movermos, saio com gentileza dela. Ela baixa os pés para o chão e ergue o olhar para mim. Ela não está sorrindo, mas há uma calma em seu olhar. Isso foi exatamente do que ela precisava. Exatamente do que *eu* precisava.

— Obrigada — diz ela em um tom prático.

Eu sorrio.

— De nada.

Bridgette abaixa a cabeça assim que começa a sorrir e passa por baixo do meu braço. Ela entra no banheiro e fecha a porta. Eu me apoio na parede e deslizo até o chão, completamente incapaz de forçar minhas pernas a voltarem para a cama. Se eu não precisasse esperá-la terminar no banheiro, dormiria aqui mesmo.

81

7.

Três semanas inteiras.

Vinte e uma noites.

Mais de trinta vezes que transamos.

Absolutamente nenhuma interação durante o dia.

Não a entendo. Não a conheço bem o suficiente para saber o que a deixa tão irritada e, por sua vez, o que a deixa tão quieta. Não sei por que ela se recusa a encarar o que temos como algo minimamente importante, mas não vou reclamar. Quer dizer, fala sério. A gente transa todas as noites, e não preciso paparicá-la durante o dia. Seria a situação perfeita se eu não quisesse um pouquinho mais dela. Porém, até que eu atinja um outro patamar com Bridgette, preciso ter cuidado para que nada novo surja e acabe mudando as coisas entre nós. Principalmente um novo colega de quarto, coisa que receio que possa acontecer. Brennan saiu em turnê e se mudou, o que significa que seu quarto está disponível. Não suporto a ideia de a irmã de Bridgette vir morar com a gente, algo que já ouvi as duas cogitando por telefone. Não sei o que nem quem Ridge tem em mente, mas pensar na possibilidade de outro cara vir morar com a gente é demais para mim. Por mais que eu goste de fingir que encaro meu lance com Bridgette com

83

a mesma naturalidade que ela, se outro cara sequer olhar para a bunda dela naquele short, não vou conseguir me conter de bater nele. E nem sou o tipo de cara que se mete em brigas, mas Bridgette me faz querer bater em todo mundo. Até nos caras que parecem nerds. Eu daria uma surra em todos os seres do mundo se isso me ajudasse a continuar com ela.

E é por isso que não consigo parar de encarar o sofá agora. Há uma pessoa nele. Acho que é uma garota, porque vejo um cabelo loiro escapando de baixo do travesseiro que cobre seu rosto, mas pode ser um cara de cabelo comprido. Um cara que não quero que seja o novo morador do apartamento. Continuo olhando para o sofá, esperando que a pessoa acorde. Faço barulho suficiente na cozinha para acordar o apartamento inteiro, mas o habitante do sofá continua dormindo feito uma pedra.

Termino de servir meu cereal e vou para a sala. Como essa pessoa resolveu ocupar o lugar onde eu costumo comer, me acomodo no chão, bem na frente do sofá. Começo a mastigar, fazendo o máximo de barulho possível.

Fico me perguntando se ela ou ele é amigo de Bridgette.

Não, Bridgette não trouxe ninguém para casa ontem à noite. Sei disso porque a busquei no trabalho e viemos direto para casa e direto para a minha cama. Parando para pensar, a gente nem acendeu as luzes da sala, então provavelmente essa pessoa já devia estar no sofá, só não percebemos.

Eita. Será que a gente fez muito barulho? Nunca precisamos nos preocupar com o barulho quando Ridge está em casa.

Um gemido vem de baixo do travesseiro, e o corpo gira para mim, mostrando que, de fato, é uma garota. Continuo sentado no chão, comendo meu cereal. Observo ela tentar abrir os olhos.

— Quem é você e por que está dormindo no meu sofá? — finalmente pergunto.

O corpo inteiro dela se retrai com o som da minha voz. Ela se levanta do travesseiro e se afasta, fazendo contato visual comigo. Preciso sufocar uma risada, porque alguém escreveu *Alguém escreveu na sua testa* com canetinha preta.

Deve ter sido Ridge, então faço o possível para não olhar para as palavras, focando seus olhos.

— Você vai dividir o apartamento com a gente? — pergunto com a boca cheia de cereal.

Ela balança a cabeça.

— Não — diz ela. — Sou amiga do Ridge.

Hum. Por essa, eu não esperava.

— Ridge só tem um amigo. Eu.

Ela revira os olhos e se senta no sofá. Ela é uma gracinha. *Quem diria, Ridge.*

— Está com ciúme? — pergunta ela, se espreguiçando.

— Qual é o sobrenome dele?

— O sobrenome de quem?

— Do seu grande amigo Ridge.

Ela suspira e deixa a cabeça cair no encosto do sofá.

— Não sei o sobrenome dele — diz a garota. — Nem o nome do meio. A única coisa que sei é que ele tem um gancho de direita certeiro. E só estou dormindo no seu sofá porque o cara com quem eu namorava há dois anos resolveu que seria legal transar com a minha melhor amiga, com quem divido apartamento, e eu realmente não estava a fim de ficar por lá para assistir.

Gostei dessa garota. Ela seria páreo para a Bridgette. E não quis dizer no sentido de *me* atrair, mas só que Bridgette é marrenta e provavelmente não se depara com muitas garotas que bateriam de frente com ela. Isso pode ser divertido.

— É Lawson — digo. — E ele não tem nome do meio.

Escuto a porta do quarto de Bridgette se abrir, e imediatamente viro para encará-la. Ela continua usando minha samba-canção de ontem à noite, mas colocou uma blusa. *Cacete, como ela está bonita.*

— Bom dia, Bridgette. Dormiu bem?

Ela se vira rápido para mim e revira os olhos.

— Vai se ferrar, Warren.

O que, na linguagem de Bridgette, significa *Sim, Warren. Dormi feito um bebê, graças a você.*

— Essa é a Bridgette — sussurro, voltando a encarar a garota no sofá. — Durante o dia, ela finge que me odeia, mas, à noite, ela me *ama.*

A garota solta uma risada e faz cara de quem não acredita em mim.

— Merda! — grita Bridgette. Eu me viro bem a tempo de vê-la se segurando no bar. — Cacete! — Ela chuta uma das malas no chão ao lado do bar. — Avise à sua amiguinha que, se ela for ficar aqui, precisa guardar as tralhas dela no quarto!

Minha amiguinha? Eu me viro para a garota no sofá com os olhos arregalados. Bridgette já está implicando com a garota. Mais um motivo para eu me certificar de que ela vire nossa nova colega de quarto, porque gosto de Bridgette com raiva. Também imagino que uma Bridgette com ciúme se torne bem mais apegada, o que pode facilitar minha vida. Eu me viro para Bridgette, sem levantar.

— Você acha que sou seu criado? Avisa você.

Bridgette olha para a garota no sofá, então aponta para a mala em que tropeçou.

— TIRA... SUAS... TRALHAS... DA... COZINHA! — grita ela antes de sair batendo o pé de volta para o quarto.

Eu me viro para encarar a garota.

— Por que ela acha que você é surda?

Ela dá de ombros.

— Sei lá. Ela chegou à essa conclusão ontem à noite, e não a corrigi.

Solto uma risada. Uma pegadinha perfeita, e nem tive que me dar ao trabalho de pensar nela.

— Ah, essa é clássica — digo. — Você tem algum bicho de estimação?

Ela balança a cabeça.

— Tem alguma coisa contra filmes pornô?

— Nada contra ao princípio do pornô, eu apenas não *participaria* de um.

Concordo com a cabeça, porque isso provavelmente é um fator positivo. Pelo menos não preciso ter outro motivo para assistir a todos os filmes pornôs que encontro.

— Você tem amigos irritantes?

— Minha melhor amiga é uma piranha traidora, e parei de falar com ela.

— Quais são seus hábitos de higiene?

Ela ri.

— Tomo banho quase todo dia. Não demoro mais do que quinze minutos.

— Você cozinha?

— Só quando estou com fome.

— Você é bagunceira?

— Provavelmente menos do que você — diz ela, olhando para a minha blusa, que usei como guardanapo várias vezes durante esta conversa.

— Você escuta música disco?

— Prefiro comer arame farpado.

Ela é perfeita pra gente.

— Beleza, então — anuncio. — Acho que você pode ficar.

Ela se empertiga e puxa as pernas para cima do sofá.

— Não percebi que eu estava sendo entrevistada.

Olho para sua mala e então volto a encará-la. A maioria das pessoas não anda por aí com todos os seus pertences, e, se ela estiver procurando um lugar para morar, quero que seja aqui, para poder ter certeza de que o próximo colega de quarto não tenha um pau.

— Está na cara que você precisa de um lugar pra ficar, e nós temos um quarto sobrando. Se você não ficar com ele, Bridgette quer trazer a irmã dela pra cá no mês que vem, e essa é a *última* coisa de que eu e o Ridge precisamos.

— Não posso ficar aqui — diz ela, balançando a cabeça.

— Por que não? Pelo visto você vai passar o dia procurando outro apartamento. Qual é o problema com o nosso? Você nem vai precisar andar muito para chegar aqui.

A porta do quarto de Ridge se abre, e a garota arregala um pouco os olhos, como se estivesse nervosa. Isso provavelmente não é um bom sinal para Ridge, mas ele é tão caidinho pela Maggie que deixar essa garota morar aqui provavelmente não vai criar um problema para nenhum de nós. Pisco para ela e levanto para levar minha tigela de volta para a cozinha. Falo e sinalizo ao mesmo tempo.

— Você já conheceu nossa nova colega de quarto?

Ridge olha de soslaio para ela e volta a me encarar.

— Sim — sinaliza ele. — Ela precisa de um lugar pra ficar, então acho que ela pode ficar no quarto do Brennan. Ou, se você preferir, ela pode ficar no seu quarto, e você se mudar pro do Brennan, pra nós dois não precisarmos dividir o banheiro com as garotas.

Balanço a cabeça.

— De jeito nenhum que você vai me separar da Bridgette. Adoro transar com ela no banheiro.

Ele balança a cabeça.

— Você é patético.

Ele volta para o quarto, e olho para nossa nova colega de quarto.

— O que ele disse? — pergunta ela, parecendo nervosa.

— Exatamente o que eu achava que ia dizer — respondo.

Volto para meu quarto e pego minhas chaves sobre a cômoda. Olho para o banheiro e vejo Bridgette na pia. Escancaro a porta e dou um beijo rápido na bochecha dela. Ela tenta se afastar de mim, mas vejo um sorriso repuxar seus lábios.

Meus olhos batem na canetinha preta ao lado da pia. Eu a pego e lanço um olhar desconfiado para Bridgette. Ela dá de ombros, e solto uma risada.

Não achei que ela gostasse dessas coisas, mas, depois da pegadinha com os copos de água e esta, acho que encontrei uma rival à minha altura. Pelo menos a nova colega de quarto já vai saber logo de cara como as coisas funcionam por aqui.

Fecho a porta do banheiro e volto para a sala.

— Ele disse que vocês dois já combinaram tudo. — Aponto para o quarto antigo de Brennan. — Estou indo para o trabalho. Aquele ali é o seu quarto. Pode arrumar suas coisas, se quiser. Mas talvez você precise colocar as tralhas do Brennan num canto. — Abro a porta e saio, mas me viro antes de fechá-la. — Ah, e qual é o seu nome?

— Sydney.

— Bem, Sydney, bem-vinda ao lugar mais estranho que você vai morar na vida.

Fecho a porta às minhas costas, me sentindo um pouco culpado por ter me aproveitado um pouco da situação com a colega de quarto. Mas fala sério. Isso não só me dá a certeza de que não teremos um novo morador dando em cima de Bridgette, como cria uma dinâmica interessante. Duas garotas travando uma batalha de pegadinhas pode ser a melhor coisa que já aconteceu comigo e com Ridge.

8.

— Então, qual é a parada com a nova colega de quarto? — sinalizo para Ridge quando chego.

— Ela mora no condomínio. Levou um chifre do namorado e precisava de um lugar pra ficar.

Vou até a mesa a que ele está sentado e puxo uma cadeira.

— Ela ainda está aqui?

Ele ergue o olhar do laptop e concorda com a cabeça.

— Sim, ela deve passar pelo menos algumas semanas aqui. Tudo bem?

Tem alguma coisa estranha com ele. Quando você conhece uma pessoa praticamente sua vida inteira, quase consegue sentir o desconforto dela. Essa tal de Sydney o deixa nervoso, e não sei por quê.

— A Maggie está de boa com isso?

A atenção dele se volta no mesmo instante para o laptop. Ele assente com a cabeça e para de falar comigo. Empurro a cadeira para trás e olho para a porta para ver se os sapatos de Bridgette estão onde ela sempre os deixa. Não estão. Cutuco o ombro de Ridge.

— Cadê a Bridgette? — sinalizo.

Ele se remexe na cadeira.

— Saiu.

— Saiu pra onde?

Ele dá de ombros.

— Warren, você quer mesmo saber? Porque você não vai gostar.

Sento de novo na cadeira.

— Porra, claro que quero. Onde ela foi?

Ele se recosta na cadeira e suspira.

— Um cara veio buscar ela há umas três horas. Parecia que eles iam sair.

— Sair — sinalizo. — Num encontro?

Ele concorda com a cabeça.

Sinto uma vontade aleatória de dar um soco em Ridge, mas sei que ele não tem nada a ver com isso. Levanto e empurro a cadeira para a mesa de novo.

Ela saiu num encontro. Bridgette saiu numa porra de encontro.

Que babaquice. Por que eu não estabeleci limites? Por que não falei que ela não podia sair com outros caras?

E se ela voltar com ele pra cá? Ela vai fazer isso. Ela é tão marrenta que provavelmente vai fazer isso.

Pego minhas chaves e sinalizo para Ridge que já volto.

Vou dar um jeito nisso.

De algum jeito.

Duas horas depois, estou sentado no sofá quando a porta se abre. Como o esperado, ela não chega sozinha. Um cara a segue, próximo demais. A mão dele está nas costas dela enquanto Bridgette deixa os sapatos ao lado da porta e olha direto para mim.

— Ah. Oi, Warren. — Ela aponta para mim. — Guy, esse é o Warren. Warren, esse é o Guy.

Olho para ele. Para todo um metro e oitenta de pura babaquice metrossexual dele.

— Seu nome é *Guy*?

Ele não responde. Apenas olha para Bridgette como se estivesse um pouco desconfortável por ter entrado no apartamento dela e encontrado um cara no sofá. Aposto que ele ficaria bem desconfortável se soubesse o que eu estava fazendo com Bridgette neste mesmo sofá há menos de vinte e quatro horas.

— Warren — diz Bridgette em um tom doce nauseantemente falso. — Você pode nos dar um pouquinho de privacidade?

Ela olha para o meu quarto, pedindo em silêncio para eu esperar lá dentro enquanto ela dá mole para esse tal de *Guy* na minha sala. Estreito os olhos. Ela está fazendo isso de propósito. Ela está me testando, e estou pronto para gabaritar a prova.

— Claro, Bridgette — digo com um sorriso. Levanto e vou até Guy, esticando o braço para apertar sua mão. — Foi um prazer te conhecer — digo. Ele sorri, parecendo menos apreensivo quando vê que estou tranquilo. — Divirtam-se. Vou deixar a porta do banheiro aberta pro caso de alguém precisar usar.

Aponto para o banheiro, plantando a semente.

Por favor, que ele queira usar o banheiro. Por favor.

Bridgette percebe que tem algo de errado com o meu último comentário. Ela estreita os olhos para mim enquanto sigo para o quarto. Fecho a porta e fico parado ao lado dela. Não quero perder nem um segundo disto. Se ela vai tentar me testar ou me torturar trazendo outro cara para casa, já devia imaginar que eu ficaria por perto para escutar toda a conversa.

Passo pelo menos quinze minutos com a orelha pressionada contra a porta. Nesse tempo, escuto-o tagarelar sobre tudo o que ele sabe fazer bem.

Beisebol.

Futebol americano.

Tênis.

Noites de quiz. (Ele até a obrigou a fazer perguntas aleatórias.)

Trabalho. (Ele é vendedor. Pelo visto, é o melhor. Teve as maiores vendas da empresa nos últimos quatro trimestres.)

Ele já viajou o mundo todo, *é claro*.

Ele fala francês, *é claro*.

Bridgette boceja quatro vezes durante a conversa. Acho que ela está mais cansada dessa baboseira do que eu.

— Posso usar o banheiro? — pergunta Guy.

Finalmente.

Alguns segundos depois, escuto a porta do banheiro fechar, e imediatamente saio do quarto para a cozinha. Bridgette está sentada no sofá com os pés apoiados na mesinha de centro.

— Você parece estar morrendo de tédio — comento.

— Ele é incrível — diz ela com um sorriso falso. — Estou me divertindo horrores. Acho que vou pedir pra ele passar a noite aqui.

Abro um sorriso, sabendo que isso não vai acontecer.

— Ele não vai topar, Bridgette — digo. — Na verdade — dou uma batidinha no pulso enquanto olho para baixo —, tenho quase certeza de que ele vai embora assim que sair do banheiro.

94

Ela se empertiga no sofá e então se levanta rápido. Ela avança na minha direção, com um dedo em riste, pressionando-o contra meu peito.

— O que você fez, Warren?

A porta do banheiro abre, e Guy sai. Bridgette o encara com seu sorriso detestável, forçado.

— Vamos pro meu quarto? — pergunta ela, se aproximando dele.

Ele olha para mim, e balanço a cabeça, rápido. Fica parecendo que o estou alertando, de homem para homem, que é melhor ele fugir enquanto ainda dá tempo.

Dá para perceber que ele está apavorado depois de tudo que eu deixei no banheiro. Ele olha para a porta, e em seguida para Bridgette.

— Na verdade, acho melhor eu ir — diz ele. — Eu te ligo.

Os próximos segundos são os mais constrangedores que já testemunhei entre duas pessoas. Ele estica o braço para apertar a mão dela, ela se aproxima para um abraço, ele se afasta, com medo de ela tentar beijá-lo, seus olhos arregalados de medo. Ele desvia correndo e segue direto para a porta.

— Foi um prazer te conhecer, Warren. Eu te ligo depois, Bridgette.

E lá foi ele.

Bridgette se vira lentamente para me encarar. Seu olhar é tão afiado que parece diamante, fico com medo de que acabe cortando minha garganta. Tiro o sorriso da cara e vou para o meu quarto.

— Boa noite, Bridgette.

Boa tentativa, Bridgette.

Boa tentativa.

* * *

— Seu filho da puta!

Minha porta do banheiro é escancarada, e ela marcha direto até minha cama. Eu estava estudando, mas rapidamente jogo meus livros para o lado quando a vejo se aproximar. Ela pula na cama, de pé, e continua andando. Suas mãos voam para cima, e é aí que percebo que ela está segurando alguma coisa. Mas percebo tarde demais, porque o creme é apertado para fora da bisnaga no topo da minha cabeça.

— Creme de *hemorroidas*? — berra ela, jogando-o de lado. Ela pega a outra bisnaga que estava embaixo do seu braço. — Removedor de *verrugas*?

Ela aperta a bisnaga no meu travesseiro. Estou tentando cobrir a cabeça com o lençol, mas ela suja tudo. Puxo suas pernas, e ela cai na cama, mas então começa a me chutar e a jogar as bisnagas na minha direção.

— *Pomada para herpes labial?* — Este ela faz questão de apertar bem na minha cara. — Não acredito que você deixou essas coisas no banheiro! Você é um moleque, Warren. Um moleque ciumento!

Tiro o restante das bisnagas da mão dela e a prendo de costas para a cama, segurando seus braços contra o colchão.

— Você é um babaca — grita ela.

Faço um esforço para segurá-la.

— Se eu sou um babaca, então você é uma *escrota* fria, calculista e sem coração!

Ela solta um grunhido, tentando se libertar de mim. Eu me recuso a soltá-la, mas procuro não expressar raiva e falar calmamente com ela.

— O que foi aquilo, Bridgette, hein? Por que diabos você trouxe aquele cara aqui?

Ela para de se debater por tempo suficiente para sorrir para mim. Saber que meu ciúme a faz sorrir me deixa ainda mais irritado. Seguro seus dois punhos com uma das mãos e estico o braço para o lado da sua cabeça, pegando uma bisnaga. Abro a tampa e aperto o creme no seu cabelo. Ela começa a tentar se soltar, e, *meu Deus, estou tão irritado com ela.*

Por que ela faria aquilo?

Seguro seu queixo e viro seu rosto para ela olhar para mim. Ela percebe que não vai conseguir se soltar de mim, então cede. Seu peito sobe e desce rápido, e ela está ofegante. Dá para ver a raiva em seus olhos. Não sei por que ela se acha no direito de ficar tão irritada, quando é ela que está me fazendo de idiota.

Baixo a testa até a sua e fecho os olhos.

— Por quê? — pergunto, ofegante. O quarto cai em silêncio. — Por que você trouxe aquele cara aqui?

Ela suspira e vira a cabeça. Eu me afasto e a encaro, convencido de que há mais sofrimento em seu rosto do que raiva. Sua voz é baixa quando ela responde:

— Por que você deixou outra garota se mudar pra cá hoje?

Sei como foi difícil para ela falar isso, porque a pergunta a deixa vulnerável. A pergunta prova que eu não era o único preocupado com um novo colega de quarto chegar e mudar a nossa relação. Ela está com medo de eu partir para outra. Ela está com medo de Sydney se meter entre nós, então tentou me magoar primeiro.

— Você acha que as coisas podem mudar entre a gente só porque outra garota veio morar aqui? — pergunto. Ela olha por cima do meu ombro para não ter que me encarar. Inclino seu queixo e a obrigo a olhar para mim. — Foi por isso que você trouxe o cara pra cá?

Ela estreita os olhos e aperta os lábios, se recusando a admitir que ficou magoada com a situação.

— Só me responde — imploro.

Preciso que ela fale em voz alta. Só preciso que ela admita que veio com o cara para cá porque estava magoada e assustada. Preciso que ela admita que existe um coração de verdade dentro do seu peito. E que, às vezes, ele bate por mim.

Como ela não quer admitir, eu admito *por* ela.

— Você nunca deixou ninguém chegar perto o suficiente a ponto de se magoar com a ausência de outra pessoa. Mas você se magoaria se eu te deixasse, então quis me machucar primeiro. — Chego os lábios mais perto de sua orelha. — E machucou — sussurro. — Ver você entrar com ele por aquela porta doeu pra cacete. Mas eu não vou a lugar nenhum, Bridgette, e não estou interessado em mais ninguém. Então esse joguinho que você tentou fazer deu errado, porque, de agora em diante, o único homem que você pode trazer pra casa é o que já mora aqui. — Eu me afasto lentamente e a encaro. — Entendeu?

Como era de esperar, Bridgette se recusa a me responder. Mas também sei que a ausência de resposta é sua forma de mostrar que estou certo e que ela concorda comigo.

A respiração dela está bem mais ofegante do que estava há alguns minutos. Tenho quase certeza de que a minha também, porque sinto como se meus pulmões tivessem parado de funcionar. Não consigo inspirar, por mais que eu tente, porque a necessidade de beijá-la dominou minhas vias aéreas. *Preciso do ar dela.*

Pressiono minha boca contra a dela e a beijo com uma possessividade que nunca imaginei ter. Eu a beijo com tanto desespero que me esqueço da minha própria irritação. Minha língua mergulha em sua boca, e ela a aceita, me oferecendo seu próprio beijo desesperado de volta, agarrando meu rosto, me puxando para perto. Eu a sinto no beijo como nunca a senti antes. Provavelmente é o melhor que já trocamos, porque é o primeiro com emoções de verdade por trás.

Apesar de ser o melhor beijo, também é o mais curto. Ela me empurra. Bridgette sai da minha cama, sai do meu quarto e sai do meu campo de visão quando a porta do banheiro fecha com força às suas costas. Viro de costas e encaro o teto.

Ela é tão confusa. Ela é tão frustrante. Ela é tão absurdamente imprevisível.

Escuto a água do chuveiro abrir, então imediatamente rolo para fora da cama e vou para o banheiro. Meu coração aperta um pouco quando a maçaneta vira e percebo que ela não trancou a porta. Sei que isso significa que ela quer que eu a siga. Mas o que ela quer que eu faça dentro deste banheiro é um mistério. Ela quer que eu transe com ela contra a parede do chuveiro? Que eu peça desculpas? Que eu converse com ela?

Com Bridgette, não sei. Eu nunca sei. Então faço o de sempre e espero ela me mostrar do que precisa. Entro no banheiro e pego uma toalha para limpar a porcaria do creme do meu cabelo. Tiro o máximo possível, então fecho a tampa do vaso sanitário e sento, prestando atenção em silêncio enquanto ela continua seu banho. Sei que Bridgette sabe que estou aqui, mas ela não diz nada. Eu aceitaria até seus insultos se isso significasse dar fim ao silêncio.

Eu me inclino para a frente e entrelaço as mãos entre os joelhos.

— O que está acontecendo entre a gente te assusta, Bridgette?

Sei que está me escutando, mas não há resposta. *Isso significa que sim.*

Deixo a cabeça cair entre as mãos e prometo para mim mesmo que vou manter a calma. É assim que ela se comunica. Ela não sabe como ser de outro jeito. Por algum motivo, ao longo dos seus vinte e dois anos, ela nunca aprendeu a amar, ou até a se comunicar. Não é culpa dela.

— Você já se apaixonou antes?

É uma pergunta meio genérica. Não questiono se ela poderia se apaixonar por mim *especificamente*, então talvez ela não se irrite com a pergunta.

Escuto um suspiro atrás da cortina do chuveiro.

— Acho que uma pessoa precisa *ser* amada para saber *como* amar — responde ela, baixinho. — Então eu diria que não.

Eu me retraio ao ouvir isso. Que resposta tão incrivelmente triste. E pela qual eu não estava esperando.

— Você não pode acreditar de verdade nisso, Bridgette.

O silêncio toma conta. Ela não responde.

— Sua mãe te amava — digo.

— Minha mãe me deu pra minha avó quando eu tinha seis meses.

— Tenho certeza de que sua avó te amava.

Uma risada baixa, doída, vem do chuveiro.

— Imagino que sim, mas não o suficiente pra continuar viva por mais de um ano. Depois que ela morreu, fui morar com minha tia, que deixou bem claro que não me amava. Mas meu *tio* me adorava. Só que de todos os jeitos errados.

Estreito os olhos e assimilo suas palavras. Brennan não estava brincando quando disse que ela havia tido uma vida

100

difícil. E ela fala de um jeito tão casual, como se tivesse aceitado que essa era sua realidade e que não havia nada a ser feito. Uma mistura de raiva e tristeza me consome.

— Bridgette...

— Não precisa se dar ao trabalho, Warren. Eu lidei com a minha vida do meu jeito. Estou bem-resolvida e não preciso que você nem ninguém tente me entender ou me consertar. Eu sou quem eu sou, e já aceitei isso.

Fecho a boca e não ofereço conselhos. Eu nem saberia o que dizer de qualquer maneira. Fico me sentindo péssimo por querer continuar interrogando-a depois dessa revelação, mas não sei quando vou encontrar esse lado dela de novo. Bridgette não se abre com facilidade, e, agora, entendo por quê. Ela não parece ter tido ninguém com quem se abrir, então talvez esta seja a primeira vez que faz isso.

— E sua irmã?

Bridgette suspira.

— Ela não é minha irmã de verdade. Somos irmãs postiças e nem crescemos na mesma casa.

Eu devia parar com as perguntas. Sei que devia, mas não consigo. Saber que ela provavelmente nunca disse nem ouviu as palavras "eu te amo" de ninguém está mexendo comigo mais do que eu imaginava ser possível.

— Você já deve ter tido namorados que te amaram.

Ela solta uma risada muito triste, e então solta um suspiro mais triste ainda.

— Se você pretende passar a noite toda me fazendo perguntas assim, prefiro transar.

Cubro a boca com uma das mãos, absorvendo suas palavras como uma punhalada no peito. Não tem como ela ser infeliz a esse ponto. Ninguém pode ser tão solitário, pode?

— Você já amou *alguém*, Bridgette?

Silêncio. Silêncio absoluto até a voz dela parecer se partir feito vidro.

— É difícil se apaixonar por babacas, Warren.

É o comentário de uma garota que já passou por decepções demais. Eu levanto e abro a cortina. Ela está parada embaixo da água. Rímel escorre por suas bochechas.

— Talvez você ainda não tenha conhecido o babaca certo.

Ela imediatamente solta uma risada em meio às lágrimas. Seus olhos estão tristes, seu sorriso é carinhoso, e, pela primeira vez, ela está completamente exposta. É como se Bridgette estivesse me oferecendo seu coração, me implorando para não parti-lo. A vulnerabilidade que ela demonstra agora é algo que tenho quase certeza de que nunca mostrou para mais ninguém. Para nenhum outro homem, pelo menos.

Entro no chuveiro. Ela me lança um olhar perplexo enquanto minhas roupas ficam ensopadas. Seguro seu rosto com as duas mãos e a beijo.

Não é um beijo rápido.

Não é um beijo bruto.

Não é um beijo intenso.

Pressiono meus lábios contra os seus com delicadeza; quero que ela sinta tudo que sempre mereceu sentir nas mãos de outra pessoa. Ela merece se sentir linda. Ela merece se sentir importante. Ela merece se sentir acalentada. Ela merece se sentir respeitada. Ela merece sentir que pelo menos uma pessoa no mundo a aceita exatamente do jeito como é.

Ela merece saber como *eu* me sinto, porque sinto todas essas coisas. E talvez um pouco mais.

9.

Desde o dia no chuveiro, as coisas mudaram entre nós.

Não que Bridgette tenha passado por um transplante miraculoso de personalidade ou que me trate bem durante o dia. Na verdade, ela continua sendo marrenta na maior parte do tempo. Ela ainda acha que Sydney é surda, e é quase inacreditável que uma pegadinha dure por tanto tempo. Então nem posso dizer que não curto pregar peças nela.

O que *mudou* foram nossas noites juntos.

O sexo.

É diferente agora. Mais vagaroso. Com muito mais contato visual. Muito mais antecipação. Muito mais beijos. Tantos beijos, e não só na boca. Ela me beija por todo canto, sem pressa. Ela gosta.

Ela ainda não é do tipo que fica de conchinha depois, e sempre me expulsa da sua cama antes de o sol nascer.

Mas, mesmo assim, é diferente. A noite do chuveiro derrubou uma barreira entre nós. Porque agora eu sei que, toda noite, quando estamos juntos na cama, ela me mostra uma parte de si que ninguém nunca viu antes. E isso basta para me deixar feliz por muito tempo.

Só espero que hoje não estrague as coisas.

Nós dois temos o dia livre, algo que não acontece com frequência, com a faculdade e nossos trabalhos. Preciso resolver algumas coisas na rua e a chamei para me acompanhar, o que pode ser meio esquisito. Já faz alguns meses que estamos dormindo juntos, mas esta é a primeira vez que vamos fazer algo que não envolva sexo.

O que me faz pensar que talvez eu devesse convidá-la para um encontro. Sei que ela é diferente, mas deve gostar de fazer algumas coisas que outras garotas também gostam, tipo sair em encontros. No entanto, Bridgette nunca deu a entender que quer sair comigo, e, para falar a verdade, tenho medo de tocar no assunto. Sinto como se nossa situação fosse perfeita para nós, e que jogar encontros no meio da história pode complicar tudo.

Isso inclui encontros diurnos. Como hoje. Como o que estamos prestes a fazer.

Merda.

— Então — diz Sydney. Ela está sentada ao meu lado no sofá. Estou assistindo a um filme pornô, naturalmente, porque Bridgette ainda se recusa a me dizer o nome daquele de que ela participou. Mas Sydney não se importa. Ela está focada no dever de casa, alheia ao fato de que estou tendo uma pequena crise interna sobre o fato de que eu posso ter convidado Bridgette para um encontro para resolver coisas na rua durante o dia. — Qual é a da Bridgette?

Olho para Sydney, que continua concentrada no livro da faculdade, fazendo anotações.

— Como assim?

Sydney dá de ombros.

— Ela é tão... briguenta.

104

Solto uma risada, porque é verdade. Bridgette sabe ser terrível.

— Ela não consegue evitar — digo. — Ela teve uma vida difícil.

— Ridge também — responde Sydney —, mas ele não é grosseiro com as pessoas.

— É porque o Ridge é surdo. Ele não pode gritar com ninguém, é fisicamente impossível.

Sydney olha para mim e revira os olhos, rindo. Ela me dá uma cotovelada nas costas bem no momento em que Bridgette sai do quarto. Bridgette lança um olhar fulminante para Sydney, e detesto que ela ainda pense que pode ter algo rolando entre nós dois. Gosto dela e a acho maneira, mas tenho a impressão de que Ridge cortaria qualquer tentativa que eu fizesse em um piscar de olhos.

O que não é bom, levando em consideração que Ridge está com a Maggie. Mas não quero me meter nesse problema por enquanto, porque o *meu* problema está me encarando com irritação.

— Me diz que você não convidou sua namoradinha pra ir com a gente, por favor — diz Bridgette, olhando para Sydney.

Sydney tem muito talento para pegadinhas. Ela nem reage enquanto Bridgette fala dela. Simplesmente continua fingindo que não consegue escutar nem uma palavra. Tenho quase certeza de que Sydney continua engajando nessa pegadinha porque é bem mais fácil fazer isso do que de fato *conversar* com Bridgette.

— Ela não vai — digo, levantando. —Já estava ocupada.

Bridgette vira de costas, pegando a bolsa e a pendurando no ombro. Vou até ela e a abraço por trás.

— Estou brincando — sussurro ao seu ouvido. — Não chamei ninguém pra ir comigo hoje além de você.

A mão de Bridgette encontra a minha testa, e ela me empurra para longe.

— Se estiver achando que hoje vai ser tudo assim, vou ficar aqui.

Dou um passo para trás.

— Assim como?

Ela aponta para mim.

— Você. Tocando em mim. Me beijando. Sendo carinhoso em público. Que nojo.

Ela segue para a porta da frente, enquanto aperto meu coração e faço uma careta para Sydney.

— Boa sorte — articula ela com a boca enquanto sigo para a porta.

Quando estamos no meu carro, nos afastando do prédio, Bridgette finalmente volta a falar comigo.

— Então aonde vamos primeiro? Preciso ir na farmácia antes de voltarmos.

— Primeiro, vamos dar uma passada na casa da minha irmã, depois no banco, depois na farmácia, aí almoçamos e voltamos para casa.

Ela levanta uma das mãos e ergue um dedo.

— O que foi que você disse?

Eu repito:

— Primeiro, vamos dar uma passada na casa da minha irmã, depois no...

— Por que *diabos* você vai me levar na casa da sua irmã? Eu não quero conhecer sua irmã, Warren. Nós não somos esse tipo de casal.

106

Reviro os olhos e agarro a mão que ela levantou para protestar.

— Não vou te levar lá como minha namorada. Por mim, você pode ficar no carro se quiser. Só preciso deixar uma caixa lá.

Isso melhora o nervosismo dela. Bridgette relaxa contra o banco e vira a mão, para eu deslizar meus dedos entre os seus. Olho para nossas mãos, e vê-las entrelaçadas no banco entre nós me faz ter a sensação de que acabei de fazer um avanço maior na nossa relação do que quando transamos pela primeira vez.

Ela jamais deixaria eu segurar sua mão naquela época. Porra, ela jamais deixaria eu segurar sua mão no mês passado. Mas estamos de mãos dadas agora.

Talvez eu devesse convidá-la para um encontro.

Ela tira a mão da minha, e imediatamente ergo o olhar. Ela está me encarando.

— Você está sorrindo demais — diz ela.

O quê?

Eu me estico e pego sua mão de volta, puxando-a para mim.

— Eu estava sorrindo porque gosto de segurar a sua mão.

Ela puxa a mão de volta.

— Eu sei. É por isso que não quero que a segure.

Mas que droga. Ela não vai vencer esta.

Eu me estico novamente para o outro lado do banco, fazendo o carro dar uma guinada no processo. Ela tenta enfiar a mão embaixo das pernas, para eu não conseguir pegá-la, então puxo seu pulso. Solto o volante e estico as duas mãos agora, dirigindo com o joelho.

— Me dá a sua mão — digo entre dentes. — Eu quero segurar a porcaria da sua mão.

Preciso agarrar o volante para nos guiar de volta para a pista. Quando não estamos mais correndo o risco de bater, piso no freio enquanto paro no canto da rua. Deixo o carro em ponto morto e tranco as portas para ela não conseguir fugir. Sei como ela funciona.

Eu me inclino sobre o banco e solto a mão que está grudada no peito dela. Agarro seu punho com as duas mãos e a puxo. Ela continua tentando resistir, então a solto e olho no fundo dos seus olhos.

— Me. Dá. A. Sua. Mão.

Não sei se a assustei um pouco, mas ela relaxa e me deixa segurar seu pulso. Eu o puxo com a mão esquerda e abro a mão direita na frente da dela.

— Abre os dedos.

Em vez disso, ela os cerra em um punho.

Abro o punho, então forço nossos dedos a se entrelaçarem. Odeio que ela esteja sendo tão resistente. Bridgette está me irritando. Eu só quero segurar a droga da mão dela, e ela está criando tanto caso. Nós fazemos tudo ao contrário neste relacionamento. Casais deveriam começar andando de mãos dadas e saindo em encontros. Nós, não. A gente começou brigando e acabamos transando, mas, pelo visto, ainda não chegamos à etapa de ficarmos de mãos dadas. Se as coisas continuarem nesse ritmo, acho que vamos estar morando juntos antes de sairmos no primeiro encontro.

Aperto sua mão até ter certeza de que ela não vai conseguir escapar de mim. Então me acomodo no meu banco, passo a marcha do carro com a mão esquerda e volto para a rua.

Passamos os próximos quilômetros em silêncio, com ela ocasionalmente tentando se soltar, mas, sempre que isso acontece, aperto com mais força e fico ainda mais nervoso. Ela vai segurar a porcaria da minha mão por bem ou por mal.

Paramos em um sinal vermelho, e a falta de movimentação fora do carro e a falta de conversa dentro dele muda completamente o clima, deixando o ar pesado com tensão e... *risada*?

Ela está rindo de mim.

Faz sentido.

Inclino lentamente a cabeça na direção dela, fitando-a de soslaio. Ela está cobrindo a boca com a mão livre, tentando segurar a risada, mas sem conseguir. Ela está rindo tanto que seu corpo chega a tremer.

Não tenho a menor ideia de qual é a graça, mas não vou rir junto. E por mais que eu queira virar para o outro lado e dar um soco no volante, não consigo parar de olhar para ela. Vejo as lágrimas surgindo no canto dos seus olhos, vejo seu peito subir e descer enquanto ela tenta recuperar o fôlego. Eu a vejo lambendo os lábios enquanto tenta parar de sorrir tanto. Eu a vejo passar a mão livre pelo cabelo enquanto suspira, se recuperando da crise de riso.

Finalmente, ela me encara. As risadas pararam, mas seus resíduos continuam ali. O sorriso permanece em sua boca, suas bochechas estão mais coradas do que o normal, e seu rímel está manchado no canto dos olhos. Ela balança a cabeça, olhando para mim.

— Você é maluco, Warren.

Ela ri de novo, mas só por um instante. O fato de eu não estar rindo a deixa desconfortável.

— Por que eu sou maluco?

— Porque sim — diz ela. — Quem dá um ataque pra ficar de mãos dadas com alguém?

Não movo um músculo.

— *Você*, Bridgette.

O sorriso desaparece aos poucos do seu rosto, porque ela sabe que estou certo. Bridgette sabe que foi ela que fez um escarcéu sobre ficarmos de mãos dadas. Fui eu quem queria mostrar como seria fácil fazer isso.

Nós dois olhamos para nossas mãos enquanto afasto meus dedos dos dela devagar e a solto. O sinal fica verde enquanto seguro o volante e piso no acelerador.

— Você tem talento pra fazer um cara se sentir um merda, Bridgette.

Eu me concentro em dirigir e apoio o cotovelo esquerdo na janela. Cubro a boca com a mão, apertando a mandíbula devido ao estresse.

Percorremos três quarteirões.

Três quarteirões é o tempo que leva para ela fazer a coisa mais atenciosa que já fez por mim desde que nos conhecemos.

Bridgette estica o braço até o volante e pega a minha mão. Ela a puxa para seu colo e entrelaça os dedos aos meus. E não para por aí. Sua mão direita desliza sobre o topo da minha e a acaricia. Faz carinho nos meus dedos, no topo da minha mão, até meu pulso, e então volta para os dedos. O tempo todo, ela fica olhando pela janela, mas consigo senti-la. Consigo sentir o que Bridgette me fala, como me embala e como faz amor comigo, tudo no ritmo de suas mãos.

E vou sorrindo por todo o caminho até a casa da minha irmã.

* * *

— Ela é mais velha ou mais nova que você? — pergunta Bridgette quando desligo o carro.

— Dez anos mais velha.

Nós dois saltamos e começamos a seguir na direção da casa. Não pedi que ela me acompanhasse, mas o fato de não estar esperando no carro é prova de que outra barreira entre nós foi derrubada.

Subo a escada, mas, antes de bater à porta, me viro para encará-la.

— Como você quer que eu te apresente? — pergunto. — Colega de quarto? Amiga? Namorada?

Ela afasta o olhar e dá de ombros.

— Não faz diferença para mim, de verdade. Só não cria um clima esquisito.

Sorrio e bato à porta. Imediatamente escuto passinhos e gritos e coisas caindo e, *cacete, esqueci como aqui é uma loucura.* Talvez eu devesse ter avisado a ela.

A porta é escancarada, e meu sobrinho, Brody, nos recebe com pulinhos.

— Tio Warren! — berra ele, batendo palmas.

Abro a porta de tela, coloco a caixa que minha mãe mandou para minha irmã no chão e pego Brody no colo.

— Cadê a sua mãe?

Ele aponta para a sala.

— Na cozinha — diz ele. Sua mão encontra minha bochecha, me forçando a encará-lo. — Quer brincar de morto?

Concordo com a cabeça e o coloco sobre o carpete. Gesticulo para Bridgette entrar comigo, então dou uma facada de mentira no peito de Brody. Ele cai no chão em uma demonstração dramática de derrota.

Eu e Bridgette ficamos parados enquanto ele se retorce de dor. Seu corpo convulsiona algumas vezes, e sua cabeça cai mole sobre o carpete.

— Nunca vi uma criança de quatro anos ter tanto talento pra morrer — comento com Bridgette.

Ela concorda, ainda olhando para ele.

— Estou impressionada — responde ela.

— Brody! — grita minha irmã da cozinha. — É o Warren?

Começo a seguir na direção da cozinha, e Bridgette me segue. Quando viro a curva, Whitney está com Conner apoiado em seu quadril, usando a outra mão para mexer uma panela no fogão.

— Brody morreu, mas, sim, sou eu — digo.

Assim que Whitney olha para mim, um choro vem da babá eletrônica ao lado do fogão. Ela suspira, aborrecida, e gesticula para eu ficar no fogão. Vou até ela e pego sua colher.

— Fica mexendo por pelo menos mais um minuto, depois tira o fogo da panela.

— Tiro a panela do fogo?

— Que seja — responde ela, tirando Conner do quadril e indo até Bridgette. — Aqui, fica com o Conner. Já volto.

Bridgette estica as mãos por instinto, e minha irmã entrega Conner para ela. Os braços de Bridgette estão afastados do corpo, tão longe quanto possível. Ela segura Conner sob as axilas, me encarando com os olhos arregalados.

— O que eu faço com isto? — sussurra ela.

Seus olhos estão apavorados.

— Você nunca segurou uma criança antes? — pergunto, incrédulo.

Bridgette imediatamente balança a cabeça.

— Não conheço nenhuma criança.

— Eu criança — diz Conner.

Bridgette solta um som de surpresa e olha para Conner, que a encara com a mesma mistura de terror e fascínio.

— Ele falou! — exclama ela. — Ai, meu Deus, você falou!

Conner sorri.

— Diz *gato* — sugere Bridgette.

— Gato — repete Conner.

Ela solta uma risada nervosa, mas continua segurando-o como se ele fosse uma toalha suja. Tiro a panela do fogo e desligo o fogão, então vou até ela.

— Conner é o mais tranquilo de todos — explico. — Aqui, segura ele assim.

Eu o posiciono no quadril dela e passo seu braço pelas costas dele, prendendo-o à sua cintura. Ela lança olhares nervosos para mim e Conner.

— Não vou acabar toda suja de merda, né?

Dou uma risada, e Conner também. Ele bate duas vezes no peito dela e balança as pernas.

— Suja de merda — diz ele, ainda rindo.

Bridgette leva a mão à boca.

— Ai, meu Deus, ele é tipo um papagaio — diz ela.

— Warren! — berra Whitney do topo da escada.

— Já volto.

Bridgette balança a cabeça e aponta para Conner.

— Mas... mas... *isto...* — gagueja ela.

Dou um tapinha no topo da sua cabeça.

— Vai dar tudo certo. É só manter ele vivo por dois minutos.

Subo a escada e encontro Whitney parada na porta do quarto do bebê. Ela está limpando o pescoço com um pano.

113

— Ele mijou na minha cara — diz ela. Ela parece tão cansada. Quero abraçá-la, e faria isso se ela não estivesse toda mijada. Whitney entrega o bebê para mim. — Fica com ele lá embaixo enquanto tomo banho, por favor.

Eu o tiro das suas mãos.

— Beleza.

Ela começa a seguir para o quarto, mas para antes de eu chegar na escada.

— Ei — diz ela. Eu me viro e a encaro. — Quem é a garota? — sinaliza ela.

Adoro que ela tenha perguntado assim, para Bridgette não escutar. Ter uma família fluente em Língua de Sinais é muito útil.

— Só minha colega de quarto — sinalizo de volta, dando de ombros.

Ela sorri e entra no quarto. Desço a escada, segurando o bebê contra meu peito. Passo por cima de Brody, que ainda está brincando de morto no chão. Quando chego à porta da cozinha, paro. Bridgette colocou Conner sentado na bancada. Ela está parada à frente dele para não deixá-lo cair e exibindo dedos, contando.

— Três. Você consegue contar até três?

Conner leva um dedo até a ponta dos dela.

— Um. Dois. Tês — diz ele. Os dois batem palmas, e ele diz: — Agora eu.

Bridgette começa a contar os dedos dele. Apoio a cabeça no batente e fico observando a interação.

Não sei por que nunca passei tempo com ela fora do quarto antes. Eu não trocaria este momento nem por todas as coisas que ela já fez comigo à noite.

Essa é a Bridgette que *eu* enxergo. A parte que ela mostra para mim. E, agora que a observo, vejo que ela é capaz de mostrá-la para as pessoas que merecem.

— Você olha para todos os seus colegas de quarto desse jeito? — sussurra Whitney ao meu ouvido.

Eu me viro, e ela está parada atrás de mim, me observando olhar para Bridgette. Balanço a cabeça e volto a olhar para Bridgette.

— Não. Não olho.

Assim que as palavras saem da minha boca, me arrependo. Whitney vai me mandar mensagem em menos de uma hora, querendo saber todos os detalhes. Há quanto tempo a conheço, da onde ela é, se estou apaixonado.

Hora de ir embora.

— Vamos, Bridgette? — pergunto, entregando o bebê de volta para Whitney.

Bridgette ergue o olhar para mim e depois volta a se virar para Conner. Ela parece um pouco triste por precisar se despedir.

— Tchau, Bijet — diz Conner para ela, acenando.

Bridgette arfa e se vira para mim.

— Ai, meu Deus! Warren, ele falou meu nome!

Ela se vira de novo para Conner, que continua acenando.

— Suja de merda — diz ele.

Bridgette imediatamente o pega no colo e o coloca no chão.

— Vamos — diz ela, rápido, se afastando dele e seguindo para a porta da frente.

Whitney aponta para Conner e olha para mim.

— Ele acabou de dizer...

Concordo com a cabeça.

— Acho que sim, Whit. Você precisa tomar cuidado com o que fala perto dos seus filhos.

Dou um beijo rápido na bochecha da minha irmã e sigo para a porta.

Bridgette está parada ao lado de Brody, encarando-o.

— Impressionante mesmo.

Ele está na mesmíssima posição em que o deixamos.

— Eu te disse que nunca vi ninguém ter tanto talento pra morrer.

Passo por cima dele e abro a porta para ela. Nós saímos da casa, e ela nem pisca ou tenta se afastar quando entrelaço minha mão à sua. Eu a acompanho até a porta do carona, mas, antes de abri-la, viro-a para mim e a pressiono contra o carro. Minha mão toca sua testa, e afasto uma mecha de cabelo.

— Nunca achei que eu quisesse ter filhos — diz ela, olhando para a casa.

— Mas quer agora?

Ela balança a cabeça.

— Não, ainda não. Mas, talvez, se eu pudesse ter o Conner. Naquela idade, por um ou dois anos. Depois eu provavelmente me cansaria dele e ficaria de saco cheio, mas, por um ou dois anos, quem sabe poderia ser divertido.

Solto uma risada.

— Então a gente pode sequestrar ele e devolvê-lo quando ele tiver uns cinco anos?

Ela me encara.

— Mas você saberia que fui eu.

Sorrio para ela.

— Eu jamais te deduraria. Gosto mais de você do que dele.

116

Ela balança a cabeça.

— Você ama sua irmã demais pra fazer isso com ela. Não daria certo. Vamos ter que sequestrar o filho de outra pessoa.

Suspiro.

— É, você tem razão. Além do mais, seria melhor a gente sequestrar o filho de alguém famoso. Aí, podíamos pegar o dinheiro do resgate e nunca mais precisaríamos trabalhar. Devolvemos a criança, ficamos com a grana e passamos o restante da vida transando o dia todo.

Bridgette sorri.

— Você é tão romântico, Warren. Nunca tive um cara me prometendo um sequestro e o dinheiro do resgate.

Levanto seu queixo para aproximar sua boca da minha.

— Eu já disse, você ainda não tinha conhecido o babaca certo.

Pressiono meus lábios contra os dela e a beijo de leve. Não faço nada mais ousado do que isso, para o caso de Brody ter ressuscitado e estar nos vigiando.

Estico a mão atrás dela e abro a porta. Ela dá a volta por mim para entrar, mas, antes, fica na ponta dos pés e me beija na bochecha.

Para Brody ou qualquer outra pessoa que estiver olhando, foi só um beijo na bochecha. Mas, conhecendo Bridgette como eu conheço, foi muito mais do que apenas um beijo. Foi o jeito dela de dizer que não precisa de mais ninguém.

O beijo na bochecha significa que oficializamos as coisas.

O beijo na bochecha significa que tenho uma namorada.

10.

— Então você acha que agora estão namorando porque ela te deu um beijo na bochecha? — pergunta Sydney, confusa.

Ela não entende. Ela é como todo mundo e só enxerga o que Bridgette mostra, mas tudo bem. O que Bridgette mostra é difícil mesmo, e essa é uma decisão dela.

Paro de tentar explicar minha relação com Bridgette para Sydney. Além do mais, eu meio que gosto de ninguém entender a gente. E apesar de termos tido aquela experiência bem louca e nada sexual com as mãos dadas e o beijo na bochecha, nada mudou na cama. Na verdade, ontem à noite, deixamos de lado a vibe lenta e carinhosa em que estávamos e realizamos uma fantasia minha que envolvia ela no uniforme do Hooters.

— Você devia tentar arrumar um emprego no Hooters — sugiro para Sydney.

Sei que ela está procurando por trabalho, e, mesmo que lá não pareça muito a sua praia, as gorjetas são ótimas.

— Não, valeu — diz ela. — Eu jamais usaria aquele short.

— O short é muito bom. Macio. Estica bastante. Você se surpreenderia. E, ontem à noite, a Bridgette fingiu que servia um prato de asinhas de frango pra mim, e eu enfiei...

119

— Warren — diz Sydney. — Para. Não quero saber. Quantas vezes eu preciso explicar que não me interesso pela sua vida sexual?

Franzo a testa. Ridge também não quer ouvir minhas histórias, e não posso contar para Bridgette, porque ela estava lá comigo, e seria redundante. Que saudade de Brennan. Ele sempre me escutava.

A porta do quarto de Bridgette se abre, e vejo seus olhos percorrerem a sala, me procurando. Noto um leve sorriso em seu rosto, mas ela é boa em se certificar de que eu seja o único que o veja.

— Bom dia, Bridgette — digo. — Dormiu bem?

Os olhos dela recaem em Sydney, que está sentada ao meu lado no sofá. Ela afasta o olhar, mas não antes de um lampejo de mágoa surgir no seu rosto.

— Vai se ferrar, Warren — diz Bridgette, voltando sua atenção para a geladeira.

Mesmo depois de ficarmos de mãos dadas e de dar um beijo na minha bochecha, ela ainda acha que eu pegaria outra garota?

Fico observando enquanto ela bate as portas dos armários na cozinha, irritada.

— Não gosto de como ela vive grudada em você — diz Bridgette.

Imediatamente me viro para Sydney e solto uma risada, porque, primeiro, ela ainda acha que Sydney não escuta, e, segundo, não acredito que ela falou isso. Se esse não for seu jeito de admitir que sou dela, não sei qual seria.

Adorei.

— Você acha isso engraçado? — diz Bridgette, se virando. Balanço depressa a cabeça e paro de sorrir, mas ela gesti-

120

cula na direção de Sydney. — É óbvio que ela está caidinha por você, e você não pode demonstrar o mínimo de respeito por mim para ficar longe dela pelo menos até eu sair de casa? — Ela volta a dar as costas para nós. — Primeiro ela conta uma história triste pro Ridge para poder se mudar pra cá, e, agora, está se aproveitando do fato de você saber Língua de Sinais pra te dar mole.

Não sei por quem me sinto pior, se é por Bridgette ou por Sydney. Ou por *mim*.

— Bridgette, para com isso.

— *Você* quem tem que parar, Warren — diz ela, voltando a me encarar. — Ou você para de rastejar até a minha cama à noite, ou para de se aconchegar com *ela* no sofá durante o dia.

Eu sabia que aconteceria, mas esperava não estar presente quando acontecesse.

Sydney chega ao limite e bate seu livro contra as coxas.

— Bridgette, por favor! — grita ela. — Cala a boca! Cala a boca, cala a boca, cala a boca! Meu Deus! Não sei por que você acha que sou surda, mas com certeza não sou uma piranha nem estou usando Língua de Sinais para dar mole pro Warren. Eu nem sei Língua de Sinais. E, de agora em diante, para de gritar quando estiver falando comigo!

Estou com medo de olhar para Bridgette. Eu me sinto dividido, porque quero aplaudir Sydney por finalmente se defender, mas quero dar um abraço em Bridgette, porque sei que isto deve ser difícil para ela. De repente, esta parece ter sido a pior pegadinha da história.

Olho para cima a tempo de ver o rosto de Bridgette ser tomado pela mágoa. Ela segue a passos duros até o quarto e bate a porta com força.

Vai ser impossível resolver isso. O discurso de Sydney acabou de destruir meu relacionamento.

Beleza, a culpa não foi só dela. Eu também fiz merda.

Meu peito dói. Não gosto disto. Não gosto do silêncio, não gosto do fato de que vou ter que tentar consertar as coisas. Apoio as mãos nos joelhos e começo a levantar.

— Bem, lá se foi a minha chance de realizar as fantasias que tinha planejado para essa noite. Valeu mesmo, Sydney.

Ela empurra o livro para fora do colo e levanta.

— Vai se ferrar, Warren.

Ai. Me dei duplamente mal.

Sydney vai até a porta de Bridgette e bate. Após alguns segundos, ela entra lentamente e fecha a porta.

Se ela conseguir dar um jeito nisso, serei eternamente grato.

Suspiro e passo uma das mãos pelo cabelo, sabendo que a culpa é minha. Olho para Ridge, que está me encarando.

— O que eu perdi? — sinaliza ele.

Balanço a cabeça lentamente, envergonhado.

— Bridgette descobriu que a Sydney não é surda e agora me odeia. Sydney foi no quarto dela tentar resolver as coisas porque se sente culpada.

O rosto de Ridge é tomado pela confusão.

— Sydney? — sinaliza ele. — Por que *ela* está se sentindo culpada?

Dou de ombros.

— Por dar continuidade à pegadinha, acho. Ela se sente mal por ter feito Bridgette passar vergonha.

Ridge balança a cabeça.

— Bridgette mereceu. Se alguém devia pedir desculpas, é ela. Não Sydney.

Por que ele está defendendo Sydney como um namorado superprotetor? Olho para a porta de Bridgette, chocado por conseguir ouvir do quarto o som de uma conversa e não de uma briga. Ridge acena para chamar minha atenção.

— Bridgette não está gritando com ela, né? — sinaliza ele.

Ele parece preocupado, e, sendo honesto, isso me preocupa.

— Você parece muito interessado no bem-estar da Sydney — sinalizo.

Ele cerra a mandíbula, e sei que eu devia ter ficado quieto. Mas não consigo evitar. Já passei por muita coisa com Ridge e Maggie, e não quero que ele estrague tudo só por achar outra garota bonita.

Dá para perceber que ele não quer falar mais sobre isso, então volto o assunto para o meu problema.

— Não, elas não estão gritando — sinalizo. — Mas Bridgette com certeza *vai* gritar assim que sair do quarto. É bem provável que ela queira se mudar, e eu nunca mais vou conseguir sair da cama, porque... — Levo uma das mãos ao peito. — Ela vai levar meu coração junto.

Ele sabe que estou sendo dramático, então revira os olhos e ri, voltando a encarar o laptop. A porta do quarto de Bridgette abre, e ela vem marchando para a sala.

Eu não estou pronto para isso. Eu sabia que ela ficaria irritada, mas acho que não vou conseguir me defender fisicamente se tivermos uma briga de verdade.

Eu me empertigo e observo, com medo, enquanto ela avança rápido na minha direção. Ela se ajoelha no sofá e passa uma perna por cima do meu colo, montando em mim.

O que tá acontecendo?

Suas mãos encontram minhas bochechas, e ela suspira.

— Não acredito que estou me apaixonando por um cara tão idiota.

Meu coração quer dar uma festa, mas minha mente segura as rédeas.

Apaixonando.

Por um idiota.

Por um cara tão idiota.

Puta que pariu! Sou *eu*!

Seguro a cabeça dela e puxo sua boca para a minha ao mesmo tempo que levanto e começo a seguir para o quarto. Fecho a porta atrás de nós dois e vou até a cama, jogando-a sobre o colchão. Tiro a camisa e a arremesso no chão.

— Repete.

Subo em cima dela, que sorri, tocando meu rosto com a palma das mãos.

— Eu disse que estou me apaixonando por você, Warren. Eu acho. Tenho quase certeza de que é isso que eu sinto.

Eu a beijo de novo, frenético. Essas foram as palavras mais lindas que já escutei. Eu me afasto e a encaro de novo.

— Mas, cinco minutos atrás, você queria me matar. O que mudou? — Eu me apoio nas mãos para levantar. — Sydney te pagou pra dizer isso? Isso tudo é uma pegadinha?

Meu coração para. Bridgette balança a cabeça.

Eu morreria. Eu literalmente morreria se ela retirasse o que disse. Minha morte pareceria muito melhor que a de Brody, porque seria de *verdade*.

— Eu só... — Bridgette faz uma pausa, procurando as palavras certas. — Esse tempo todo, eu estava achando que talvez você estivesse pegando a Sydney. Mas, depois de conversar com ela, sei que isso não é verdade. E ela também mencionou

124

a noite em que você estava bêbado e disse que me amava. E achei... sei lá, Warren.

Meu Deus, estou adorando isto tudo. Estou adorando o nervosismo dela. A hesitação dela. O jeito como está falando comigo, sendo tão sincera.

— Fala, Bridgette — digo, baixinho, incentivando-a a concluir o raciocínio.

Viro de lado e me apoio no cotovelo. Afasto o cabelo da testa dela e me inclino para beijá-la.

— Quando ela me disse isso, me senti... *feliz*. E me dei conta de que nunca estou feliz. Fui uma criança infeliz e sou uma adulta infeliz, e nada na minha vida faz eu me sentir como me sinto com você. Então eu só... acho que esse sentimento é isso. Acho que estou me apaixonando por você.

Uma lágrima escapa do canto do olho dela, e, por mais que eu quisesse engarrafá-la e guardá-la por toda eternidade, finjo não perceber, porque sei que é o que ela gostaria. Beijo seus lábios de novo antes de me afastar e olhar no fundo dos seus olhos.

— Também estou me apaixonando por você.

Ela sorri e leva uma das mãos para a minha nuca, puxando lentamente minha boca até a sua. Ela me dá um beijo suave, então delicadamente me empurra, me deitando de costas. Ela sobe em cima de mim e pressiona as mãos contra meu peito.

— Acho melhor eu deixar claro que nunca falei que estava *apaixonada* por você. Eu falei que estava me *apaixonando*. Existe uma diferença.

Seguro seu quadril e a puxo para mais perto.

— A única diferença entre estar se *apaixonando* e estar *apaixonado* é que seu coração já sabe como você se sente, mas sua mente é teimosa demais para admitir. — Então sussurro ao seu ouvido: — Mas pode ir com calma. Sou um poço de paciência quando se trata de você.

— Que bom, porque ainda não vou dizer que te amo. Porque não amo. Posso estar indo nessa direção, mas qualquer coisa pode dar errado pelo caminho.

É impossível não sorrir e beijá-la depois desse aviso.

Após mais alguns minutos de beijos, ela vira a cabeça para o lado e ergue um dedo, silenciosamente me pedindo para parar. Ela se afasta e senta na cama, abraçando os joelhos. Apoiando a cabeça nos braços, ela fecha os olhos apertado. Seu silêncio dura vários segundos, e não entendo o que está rolando. É como se Bridgette estivesse se sentindo culpada. Ela nunca parece se sentir culpada, porque vive irritada demais para sentir culpa por qualquer coisa.

— O que houve? — pergunto.

Ela balança rápido a cabeça.

— Sou a pior pessoa do mundo — sussurra ela.

Lentamente, ela vira o rosto para mim. Não gosto da sua expressão.

Bridgette começa a deslizar para fora da cama, e sinto meu coração ir se arrastando no seu encalço.

— Foi uma pegadinha, Warren — diz ela baixinho ao levantar.

Eu me apoio nos cotovelos.

— Como assim?

Ela se vira para me encarar, e seus olhos estão tão cheios de vergonha que ela não consegue nem me fitar sem se retrair.

— Eu queria me vingar de você por me deixar achando que a Sydney era surda. — Ela abre a porta do banheiro e encara os próprios pés. — Falei aquilo tudo porque estava com raiva de você, não porque me sinto assim de verdade. Não estou me apaixonando por você, Warren.

Acho que você está pisando no meu coração, Bridgette.

Ela olha para o banheiro por cima do ombro, então se volta para mim.

— Eu não pretendia ir tão longe. Estou com vergonha. Vou voltar pro meu quarto.

Ela fecha a porta às suas costas.

Estou entorpecido demais para sentir qualquer coisa. Entorpecido demais para me mexer. Entorpecido demais para assimilar as palavras que acabaram de sair da boca de Bridgette. Minha garganta dói, minha barriga dói, meu peito todo, até a porra dos meus pulmões dói, e, *ai, cacete*, tudo dói tanto.

Eu desabo sobre a cama e levo dois punhos cerrados à testa.

— Ei, Warren — diz ela da porta.

Ergo o olhar e a encontro com o mesmo ar culpado. Ela gesticula entre nós.

— Isso que acabou de acontecer? Essa era... — A testa franzida dela se transforma em um sorriso presunçoso. — *Essa* era a pegadinha!

Ela vem correndo e pula na cama, começa a dançar ao meu redor.

— Você devia ter visto a sua cara!

Ela está rindo e pulando, balançando todas as minhas partes doloridas para cima e para baixo na cama.

Quero matá-la.

Ela cai de joelhos e se inclina sobre mim, pressionando os lábios contra os meus. Quando ela se afasta, não quero mais matá-la. Meu corpo foi miraculosamente curado por seu sorriso. Eu me sinto melhor do que nunca. Eu me sinto mais forte, mais vivo, mais feliz, e, de algum jeito, ainda mais apaixonado do que estava cinco minutos atrás. Eu a puxo contra mim.

— Foi uma pegadinha muito boa, Bridgette.

Ela solta uma gargalhada.

— Eu sei. Foi incrível.

Concordo com a cabeça.

— Foi mesmo.

Eu a abraço por vários minutos em silêncio, repassando mentalmente a cena.

— Nossa, você é uma escrota.

Ela ri de novo.

— Pois é. Uma escrota que finalmente conheceu o babaca certo.

11.

Adivinha quem acordou na cama de Bridgette de novo hoje de manhã?

Eu.

E adivinha quem vai dormir na cama de Bridgette hoje à noite?

Isso aí. *Eu.*

As duas coisas são incríveis, mas não tão incríveis quanto este momento. Agora.

Nós dois estamos no sofá, com ela deitada entre as minhas pernas, a cabeça apoiada no meu peito. Estamos assistindo a um filme em que os atores nunca ficam pelados. Mas o filme não importa, porque Bridgette está aconchegada em mim.

Isso nunca tinha acontecido antes, e é incrível, e adoro como ela me faz apreciar as coisas mais simples, mais corriqueiras.

Nós dois olhamos para a porta quando ouvimos uma chave entrar na fechadura. A porta se abre, e Brennan entra. Imediatamente sento no sofá, porque ele deveria estar em Dallas hoje. Ele tem um show amanhã, e tenho quase certeza de que reservei o hotel para a noite certa.

129

Bridgette senta no sofá e o encara. Ele sorri para ela, mas é um sorriso forçado. Ele enfia a mão no bolso traseiro e tira um papel, exibindo-o.

— Isto chegou hoje — diz ele.

Bridgette aperta minha mão, e é aí que entendo que ele recebeu o resultado do teste. Conheço Brennan há tempo suficiente para entender por sua reação que ele não gostou do que descobriu. Só fico na dúvida sobre se isso é bom ou ruim para Bridgette.

— Só me diz — sussurra ela.

Brennan olha para os próprios pés, depois me encara. Seu olhar é suficiente para Bridgette entender que está tão distante de descobrir quem é seu pai verdadeiro agora quanto estava há alguns meses.

Ela puxa o ar com força, então levanta. Ela murmura um "obrigada" para Brennan e se vira para o quarto, mas ele segura seu braço e a puxa. Ele a envolve em um abraço, mas, como seria de esperar de Bridgette, ela não permite que o contato dure mais do que dois segundos. Ela começa a chorar, e sei que Bridgette não quer que ninguém a veja chorando. Ela baixa a cabeça e entra correndo no quarto.

Brennan joga o papel sobre a bancada e passa as mãos pelo cabelo.

— Que droga, cara — diz ele. — Acho que ela precisava muito que fosse verdade, mas, em vez disso, foi só mais uma das muitas merdas que aconteceram na sua vida.

Suspiro e deixo minha cabeça desabar sobre o sofá.

— Você tem certeza sobre o resultado? Não tem como terem errado alguma coisa?

Brennan balança a cabeça.

— Ela não é filha dele. E, de certo modo, até fico feliz, porque quem iria querer um pai que nem aquele? Mas sei que ela queria encontrar alguma resolução.

Levanto e aperto a minha nuca.

— Acho que não era só uma resolução que ela queria. — Aponto para o quarto. — Vou ver como ela está — digo. — Valeu por vir até aqui pra dar a notícia.

Brennan concorda com a cabeça, e entro no quarto. Ela está encolhida no canto da cama, encarando a parede oposta à porta.

Não sou bom em consolar os outros, então não sei o que poderia dizer para fazê-la se sentir melhor. Em vez disso, simplesmente entro na cama e me deito atrás dela. Passo um braço ao seu redor e seguro sua mão.

Ficamos assim por vários segundos, e a deixo chorar tudo que tem para chorar. Quando parece ter acabado, dou um beijo no seu cabelo.

— Ele seria um péssimo pai, Bridgette.

Ela concorda com a cabeça.

— Eu sei. É só que... — Ela puxa o ar. — Gosto daqui. Sinto como se vocês todos me aceitassem como eu sou, e isso nunca aconteceu antes. E, agora que Brennan sabe que não sou irmã dele, o que vai acontecer? Simplesmente vou embora?

Eu a aperto com mais força, odiando que ela pense que isso sequer e uma opção.

— Só por cima do meu cadáver e do de Brody. Não vou deixar você ir a lugar nenhum.

Ela ri e seca os olhos.

— Vocês não precisam ser legais comigo só por terem pena de mim.

Eu a viro de costas e balanço a cabeça, confuso.

— Pena? Isso não tem nada a ver com pena, Bridgette. Quer dizer, sim, eu me sinto mal por você. Sim, seria legal se você fosse irmã deles. Mas isso não muda nada. A única coisa que o resultado do teste mudaria seria você descobrir quem é seu pai e passar a ter um dos piores do mundo. — Dou um beijo na sua testa. — Não me importa de quem você é irmã, eu te amo do mesmo jeito.

Seus olhos se arregalam, e sinto seu corpo enrijecer nos meus braços. Desta vez, eu não falei que estava me apaixonando.

Acabei de dizer que a amo. Tipo, pra valer. E, sim, essas três palavras têm o potencial de fazê-la surtar mais do que quaisquer outras, mas não posso retirar o que disse. Não *vou* retirar o que disse. Eu a amo, eu a amo há meses, e estou cansado de ficar quieto por ter medo da reação dela.

Ela começa a balançar a cabeça.

— Warren...

— Pois é — interrompo. — Eu disse. Supera. Eu te amo, Bridgette.

Todas as emoções desaparecem do rosto dela. Ela está assimilando, esperando para ver como se sente com essas palavras, porque tenho certeza de que nunca as escutou antes.

Sua mandíbula fica tensa, e ela leva as mãos ao meu peito.

— Você é um mentiroso — diz ela, irritada, tentando sair de baixo de mim.

Lá vamos nós de novo.

Eu a puxo de volta para o colchão enquanto ela se debate.

— Você é muito cansativa, sabia?

Viro-a de costas, e ela começa a concordar freneticamente com a cabeça.

— Pois é, Warren. Eu sou cansativa. Sou marrenta. Sempre sou pessimista, e, se você acha que vou ser mais legal e menos cansativa só porque você disse que me ama, está enganado. Você não vai mudar quem eu sou. Todo mundo quer que eu mude, mas eu sou quem sou, e, se você pensa que se eu disser que eu também te amo, vou imediatamente me transformar em alguém que caga arco-íris e unicórnios, está enganado. Eu *odeio* arco-íris e unicórnios.

Deixo o rosto cair sobre o pescoço dela e começo a rir.

— *Ai, meu Deus*, não acredito que você é minha. — Dou um beijo na sua bochecha, e então outro na sua testa, e então outro no seu nariz, no queixo, na outra bochecha. Volto a encarar seus olhos, cheios de confusão. — Eu não *quero* que você mude, Bridgette. Não estou apaixonado por quem você *pode* ser nem por quem você já *foi* ou pelo que o mundo *diz* que você deveria ser. Eu amo *você*. Agora. Assim.

Ela continua arredia e na defensiva, então a puxo para mais perto e a envolvo em meus braços, lhe dando um abraço apertado.

— Para — sussurro ao seu ouvido. — Para de dizer pra si mesma que você não merece ser amada, porque isso está me irritando. Não me importa se você não está pronta para admitir o que sente por mim, mas não ouse desmerecer o que eu sinto por você. Porque eu te amo. — Dou um beijo na lateral da sua cabeça, e repito o que disse. É tão bom finalmente poder falar em voz alta. — Eu te amo, Bridgette.

Ela se afasta o suficiente para que eu consiga ver seu rosto. Seus olhos estão marejados.

— Bridgette, eu te amo — repito, agora olhando no fundo dos seus olhos. Dá para perceber que ela está travando uma batalha interna. Parte sua quer aproveitar o momento,

133

enquanto a outra tenta manter erguida a última barreira que existe entre nós. — Eu te amo — sussurro de novo.

Uma das lágrimas escapa de seus olhos, e fico com medo de ela estar prestes a desmoronar e me afastar, como sempre faz. Pressiono os lábios contra os seus e puxo o ar. Toco sua bochecha e seco a lágrima com o dedão.

— Você é a pessoa mais verdadeira que eu conheço, Bridgette. Então, não importa se você acha que merece ser amada ou não, porque eu não consigo evitar. Eu me apaixonei por você e não me arrependo.

Outra lágrima escorre dos seus olhos.

Um sorriso se forma em seus lábios.

Uma risada escapa de sua boca, e seu peito começa a tremer, porque ela está rindo e chorando e me beijando. E eu a beijo de volta, acabando com a última barreira que nos separava.

Ela entrelaça as mãos no meu cabelo e me gira de costas, ainda com os lábios pressionados contra os meus. Abro os olhos, e ela se afasta da minha boca, ainda sorrindo. Ela começa a balançar a cabeça, incrédula.

— Não acredito que me apaixonei por um cara tão idiota. — Acho que nenhuma outra frase poderia ser mais importante para nenhum outro homem no mundo. — Eu te amo, Warren.

Não consigo nem responder, porque ouvir essas palavras saindo de sua boca me deixou completamente embasbacado. Mas acho que ela não se importa, porque seus lábios encontram os meus tão rápido que nem teria como eu falar qualquer coisa.

Estou apaixonado por Bridgette.

Bridgette está apaixonada por mim.

Tudo finalmente está certo no mundo.

Continuamos nos beijando enquanto tiramos as roupas um do outro. Nenhum de nós está no controle desta vez. Ela faz amor comigo ao mesmo tempo que faço amor com ela, e ninguém manda em nada. Ninguém toma as decisões. Somos completamente iguais agora. Ela sente por mim o que eu sinto por ela, e, quando terminamos, ela sussurra:

— Eu te amo, Warren.

E eu digo:

— Eu te amo, Bridgette.

E ninguém discute.

Ela permanece tranquilamente deitada nos meus braços e não tenta me expulsar da cama. A mera ideia de ter que voltar para meu quarto e dormir sozinho é ridícula, e acho que nunca mais quero fazer isso.

Acaricio seu braço com os dedos.

— Tive uma ideia — sussurro contra seu cabelo.

Ela balança a cabeça.

— Não vou fazer anal.

Solto uma gargalhada e me afasto.

— *O quê?* Não. Não é isso. Não por enquanto, de qualquer maneira. — Eu a empurro para o lado e sento, puxando-a para sentar comigo. Seguro suas mãos e olho com muita seriedade para ela. — Acho que nós devíamos morar juntos.

Ela arregala os olhos, chocada, me encarando como se eu tivesse perdido o juízo. Talvez eu tenha perdido o juízo mesmo.

— Nós já moramos juntos, idiota. A gente mal tem que pagar aluguel. Se sairmos daqui, vamos ficar sem um tostão furado.

135

Dispenso as preocupações dela, balançando a cabeça.

— Não quis dizer num apartamento diferente. Você pode se mudar pro meu quarto. Nós já passamos todas as noites juntos.

Ela continua balançando a cabeça.

— Por que eu faria isso?

— Porque — digo, prendendo seu cabelo atrás da orelha — é romântico.

— Não, Warren, é uma idiotice.

Eu desabo de novo sobre a cama, frustrado. Ela se apoia ao meu lado e me encara.

— Por que eu iria querer colocar todas as minhas roupas no seu armário minúsculo? Que besteira. Eu tenho roupas demais.

— Beleza — respondo. — Você pode deixar suas roupas no seu armário, mas levar todas as outras coisas pro meu quarto.

Ela apoia a cabeça no meu peito.

— Eu não *tenho* outras coisas. Tenho uma cama. E só.

Passo um dedo por baixo do seu queixo e ergo seus olhos até os meus.

— Exatamente. Leva sua cama pro meu quarto. Nós dois temos camas de casal. Se juntarmos as duas, vai ser tipo ter uma king, aí teríamos mais espaço pra transar, e, depois, você pode deitar no seu lado da cama, e eu posso ficar te olhando dormir.

Ela pensa na minha proposta por vários segundos, depois sorri.

— Isso é uma idiotice.

Volto a sentar e a puxo para fora da cama.

— Mas é romântico. Anda, se veste. Vou te ajudar.

Nós nos vestimos e começamos a tirar os lençóis e travesseiros da cama dela. Levantamos o colchão e o arrastamos para a porta, então pela sala, na direção do meu quarto. Ridge e Brennan estão sentados no sofá, olhando para a gente.

— Que diabos vocês estão fazendo? — pergunta Brennan.

Pressiono o quadril contra o colchão para liberar as mãos e sinalizar para eles.

— Eu e Bridgette vamos morar juntos.

Ridge e Brennan trocam um olhar, depois se viram para mim.

— Mas... vocês já *moram* juntos — diz Brennan.

Eu o dispenso com um aceno de mão, e terminamos de levar o colchão de Bridgette para o meu quarto. Depois que a cama está feita de novo, ela desmorona sobre a sua, e eu, sobre a minha. Nós giramos até estarmos olhando um para o outro. Ela apoia a cabeça no braço e suspira.

— Estamos morando juntos há dois minutos, e já estou de saco cheio da sua cara.

Solto uma risada.

— Acho que você devia sair daqui. A gente se dava muito melhor antes disto.

Ela mostra o dedo do meio para mim, então agarro sua mão e entrelaço nossos dedos.

— Preciso te perguntar outra coisa.

Ela deita de costas.

— Pelo amor de Deus, Warren, se você me pedir em casamento, vou cortar seu pau fora.

— Não quero me casar com você — respondo. — Por enquanto. Mas...

137

Engatinho até a parte dela do nosso lar e deito ao seu lado.

— Você quer sair num encontro comigo?

Ela afasta o olhar de mim e encara o teto.

— Ai, meu Deus — sussurra ela. — A gente nunca saiu num encontro?

— Não de verdade.

Ela dá um tapa na própria testa.

— Eu sou uma piranha. Já estou morando com você, e a gente não teve nem um encontro.

— Você não é uma piranha — digo, tentando consolá-la com um tom zombeteiro. — A gente nem transou... *ah, espera*. — Faço uma careta. — Você *é* uma piranha. Você é uma piranha muito vagabunda que quer experimentar fazer anal comigo hoje.

Ela dá uma risada e empurra meu peito.

Eu a empurro de volta.

Ela me empurra com mais força.

Eu a empurro até ela estar na beira da cama.

Ela levanta as pernas para me chutar.

Eu a chuto de volta, empurrando-a para fora do colchão. Após vários segundos em silêncio, vou até a beira da cama e olho para baixo. Ela está de costas, na mesma posição em que se deitou.

— Você está até parecendo o Brody — digo.

Ela estica o braço para me bater, mas o seguro e o levo até a boca. Beijo o topo da mão dela e a seguro enquanto nossos olhares se encontram.

Ela está mais bem-humorada do que o normal agora, o que me faz pensar que talvez... *só talvez...*

— Tenho outra pergunta, Bridgette.

Ela arqueia uma sobrancelha e lentamente balança a cabeça.

— Não vou te contar o nome do filme.

Solto a mão dela e desabo sobre a cama.

— Merda.

Talvez não.

Agradecimentos

Preciso agradecer imensamente a muitas pessoas. Primeiro, a minha família. Sem vocês, eu jamais terminaria nada. A minha editora, Atria Books, e Judith Curr, por não recusarem quando eu falei: "Quero escrever um conto sobre Warren. E quero que seja surpresa!" Um obrigada especial a minha editora, Johanna Castillo, por ser a melhor do mundo! Digo a mesma coisa em todos os livros, mas nós formamos mesmo uma ótima equipe. A minha nova relações-públicas, Ariele, por ser incrível no seu trabalho. Você é a melhor, Erererl! E a minha agente, Jane Dystel, e sua equipe de pessoas incríveis. A Murphy e Stephanie, por sempre me ajudarem. E, por fim, mas não menos importante, aos meus leitores. Sem vocês, nenhuma das pessoas que acabei de mencionar teriam um emprego, inclusive eu. Sua paixão por ler nos permite viver nossa paixão. Por isso, obrigada a TODOS vocês!

Este livro foi composto na tipologia Adobe Garamond Pro,
em corpo 11,5/15,5, e impresso em papel off white
no Sistema Cameron da Divisão Gráfica
da Distribuidora Record.